KB012398

신이 설치한 함정.
즉, 운명이었다.
운명에 의해 만난 우리는
그 인도에 따라 의기투합했고,
아무도 오지 않는 여름 방학의
도서실에서 밀회를 이어갔다.
그리고 여름 방학이 끝나는 8월 말,
나는 그녀에게 고백을 받았다.
이리하여, 나에게, 태어나서 처음으로,
여친이 생긴 것이다.
그녀의 이름은, 아야이 유메.
이때까지는, 그런 이름이었다.
「지나간 사랑이 끝나질 않아」
전여친이었다
새엄마가 데려온 딸이

“사돈남말하네. 나야말로 너 따위와 잘 지내고 싶지 않아.”
이리도 미즈토
Mizuto Irido
유메의 전 남친. 중학교를 졸업하며 유메와 헤어졌지만, 그 직후에 미즈토의 아버지가 유메의 어머니와 재혼하면서, 의붓남매가 된다.
미나미 아카츠키
Akatsuki Minami
미즈토와 유메의 클래스메이트. 밝고 쾌활한 미니 애완동물 타입 여자애.
“카와나미는
됐어

"왜 내가 너 따위와 잘 지내야만 하는 건데?"
카와나미 코구레
Kogure Kawanami
미즈토와 유메의 클래스메이트. 사교성이 좋아서 그 어 떤 집단에도 녹아들 수 있는 타고난 처세꾼.
"오, 재미있겠는걸. 그럼 나도——."
이리도 유메
Yume Irido
미즈토의 전 여친. 중학생 시절에는 책만이 친구였던 수수하고 낯가림 심한 소녀였지만, 미소녀 우등생으로서 고교 데뷔에 성공했다.

"아……
안 돼……
룰……."
이건, 완전히, 아웃이다.
의붓남매는, 절대, 이런 짓을, 안 한다.
……하지만, 내 목소리가, 이렇게 가냘픈 건―
이 정도로는 멈출 수 없다는 걸…… 경험을 통해,
아니까…….

새엄마가 데려온 딸이 전 여친이었다

지나간 사랑이 끝나질 않아

카미시로 쿄스케 지음

타카야Ki 일러스트

이승원 옮김

목차 Contents

전 연인은 부르고 싶지 않다
"그런 면이, 딱 질색이었어."

"…………."

"…………."

나는 자기 집 현관에서, 건달들 신경전 빰치는 눈싸움을 펼치고 있었다.

상대는 동갑내기 여자애다. 그 이상도, 그 이하도 아니다—라고 말하고 싶지만, 실은 그 이상이라고 할 수 **있다**. 또한, **였다**라고 표현할 수밖에 없다.

"……어디 가는 거야, 미즈토 씨."

"그러는 너야 말로 어디 가는 거야, 유메 양."

여자애가 말하고, 그 뒤를 이어 내가 말한 후, 우리는 침묵에 잠긴다.

이번으로 세 번째다.

실은 물어보지 않더라도, 이 여자애의 행선지는 안다. 카라스마 산죠에 있는 햄버거 가게 위층에 있는 서점이다. 오늘은 추리소설을 중심으로 간행되는 모 레이블의 발매일이다. 나도 그 레이블의 신간에 볼일이 있고, 이 여자애 또한 나와 같은 목적을 지녔다.

그러니 이대로 현관을 나서면 서점까지 나란히 걸어가게 되고, 같은 코너로 향할 뿐만 아니라, 계산대에서도 앞뒤로 서게 된다.

그래서야, 책 취향이 같은 커플이나 다름없다.

그런 식으로 여겨지는 것만큼은 서로가 반드시 피해야만 한다.

즉, 우리는 교착 상태에 있다. 외출 타이밍을 어긋나게 해야만 하지만, 누가 먼저 현관을 나설 것인가— 그것을 정하기 위해 서로를 견제하고 있는 단계다.

대화로 정하면 된다고? 싫어. 이 여자애와 대화로 해결할 수 있는 일 같은 건 단 하나도 존재하지 않아.

"—어머~? 유메와 미즈토 군. 그런 데서 뭘 하는 거니?"

정장을 입은 유니 씨가 거실에서 모습을 드러냈다.

유니 씨는 일주일 전에 내 어머니가 된 사람이다.

즉, 내 아버지의 재혼 상대이자— 눈앞에 있는 여자애의 친어머니다.

"두 사람 다, 외출하는 것 아니었어?"

"지금 나가려던 참이에요."

나는 유니 씨의 질문을 이용해 자연스럽게 먼저 이 집을 나서려 했지만, 그 전에 유니 씨가 말을 이었다.

"아, 혹시 카라스마 거리에 있는 서점에 가는 거야? 미즈토 군도 책을 좋아한다고 들었어~! 그럼 유메와 같은 곳에 가겠네. 이 애가 갈 곳이라고는 서점 아니면 도서관뿐이거든."

"……으음."

"저기, 엄마……."

"앗! 혹시 같이 가려는 거야?! 정말 기뻐, 미즈토 군! 유메와 사이좋게 지내고 있나 보네! 앞으로도 잘 부탁해. 이 애는 낯가림이 심하단다~."

"……아, 네……."

그런 말을 들으면, 나도 고개를 끄덕일 수밖에 없다.

옆에서 꿰뚫는 듯한 날카로운 시선이 느껴졌다.

"나는 일하러 가봐야 하거든. 두 사람 다 잘 다녀와! **남매**끼리 사이좋게 지내렴!"

그렇게 말한 유니 씨는 현관문 너머로 사라졌다.

그 후에는 나와 그녀만이— 남매만이, 남겨졌다.

그렇다. 우리는 남매다.

단, 의붓남매 말이다.

재혼한 부모가 데려온 아들과 딸—.

"……고개를 끄덕이면 어떻게 해?"

"……아까 같은 상황에서는 어쩔 수 없잖아."

"왜 내가 너 따위와 사이좋게 지내야 하는 건데?"

"내가 어떻게 알아. 나도 너 따위와 사이좋게 지내고 싶지 않아."

"그런 수동적인 태도가 딱 질색이었어, 망할 오타쿠."

"그런 제멋대로인 면이 딱 질색이었다고, 망할 마니아."

하지만 우리의 부모님은 모른다.

나와 그녀만이, 우리의 진짜 관계를 안다.

나, 이리도 미즈토와―.

그녀, 이리도 유메는―.

―2주 전까지만 해도, 남친 여친 관계였다는 사실을…….

◆

이제 와서는 젊은 날의 치기라고 말할 수밖에 없겠지만, 중학교 2학년 때부터 중학교 3학년 때까지 나에게는 소위 여친이라 부르는 존재가 있었다.

우리가 제대로 처음 만난 것은 여름 방학이 시작되고 얼마 안 된 7월 말, 오후의 도서실에서였다. 그녀는 발판 위에서 손을 쭉 뻗으면서, 책장 가장 위 칸에 꽂힌 책을 향해 손을 뻗고 있었다.

이정도로 말하면 대충 눈치를 챘겠지만, 나는 그녀를 대신해 그 책을 뽑아줬다.

만약 시간을 거슬러 올라갈 수 있다면, 당시의 나에게 이렇게 말해주고 싶다. ―그딴 여자는 내버려 둬, 하고 말이다.

하지만 미래를 알 리 없던 나는 뽑은 책의 표지를 보고,

어리석게도 그녀에게 이런 말을 건넸다.

—추리 소설을 좋아해?

나는 자타공인 남독가(濫讀家)다. 순문학도, 연애소설도, 라이트노벨도, 소설이라면 구별 없이 전부 읽는 타입이다. —그래서, 그때 손에 쥔 고전 추리소설의 타이틀 또한 당연히 알고 있었다.

알고는 있지만, 내 취향에는 맞지 않았다.

하지만 독서가의 본성 탓에, 자기가 아는 책을 타인이 들고 있는 모습을 보고 무심결에 기뻐했다. 이것은 소가 빨간색을 보면 흥분하는 것처럼 제어할 수 없는 습성이며, 아마 신이 설치한 함정일 것이다.

신이 설치한 함정.

즉, 운명이었다.

운명에 의해 만난 우리는 그 인도에 따라 의기투합했고, 아무도 오지 않는 여름 방학의 도서실에서 밀회를 이어갔다.

그리고 여름 방학이 끝나는 8월 말, 나는 그녀에게 고백을 받았다.

이리하여, 나에게, 태어나서 처음으로, 여친이 생긴 것이다.

그녀의 이름은 아야이 유메.

그때까지는, 그런 이름이었다.

자. ……말할 필요도 없겠지만, 이것은 붕괴의 서장이다.

아니, 중학생의 사랑 고백이 붕괴의 서장이 아닐 확률은 5퍼센트도 안 될 것이다. —중학생 커플이 평생 함께한다는 건, 현실적으로 흔한 일이 아니다.

하지만, 당시의 우리는 충분히 가능할 일이라고 여겼다.

서로가 학교에서 거의 눈에 띄지 않는 부류였던 만큼, 나와 아야이는 몰래 교제했다. 도서실 구석, 휴일의 도서관, 혹은 카페가 있는 서점 등에서 만나, 책에 대한 이야기꽃을 피웠다.

당연히, 연인다운 일도 했다.

데이트를 했고, 손을 잡았으며, 서툴기 그지없는 키스를 나누는— 그런 딱히 특별한 것 없는, 오히려 혐오해 마지않는, 흔하디흔한 커플 이벤트를 느려터진 스피드로 차례차례 해나갔다.

처음으로 키스를 한 것은 석양으로 물든 통학로의 갈림길에서였다. 닿았다기보다 스쳤다는 말에 더 가까운 입맞춤을 나눈 후, 희미하게 붉힌 얼굴로 미소 짓는 아야이의 얼굴은 지금도 사진처럼 선명히 머릿속에 새겨져 있다.

그 사진을 향해, 지금의 내가 할 수 있는 말은 이것뿐이다.

뒈져버려라.

이 여자도, 당시의 나도.

……아무튼, 차근차근 진도를 나가던 우리의 관계는 중학

교 3학년이 된 후부터 서서히 변화하기 시작했다.

계기는 아야이의 낯가림이 개선된 점이다.

나와 사귀면서 커뮤니케이션 능력을 갈고닦은 건지— 그녀는 새로운 반에서 친구를 여럿 만들었다. 2학년 때만 해도 체육 시간에 같이 운동을 할 짝이 없었다는 게 믿기지 않을 만큼 놀랍도록 성장한 것이다.

그녀는 그것을 기뻐했고, 나도 입으로는 그런 그녀를 축복해줬다.

그렇다. 입으로는 말이다.

그럼 마음속이 어떠했냐면— 이것은 참회라 할 수 있으리라. 나는 그녀의 성장을 입으로는 축복하면서도, 마음속으로는 추악한 독점욕에 사로잡혀 있었다.

아야이의 귀여운 모습을, 웃는 모습을, 밝은 모습을 아는 건 나뿐이었는데—.

그것이 문제였다.

나는 그런 감정을 말끝마다 은근슬쩍 드러내게 됐다. 당황한 아야이는 영문도 모른 채, 내 눈치를 살폈다. 그 점이 내 신경을 더 건드렸다.

그렇다. 알고 있다—. 간접적인 원인은 아야이의 성장이지만, 직접적인 원인은 내 하찮은 독점욕이다. 그녀는 아무런 잘못도 하지 않았다. 먼저 잘못한 사람은 나다. 그 점은 인정하겠다.

하지만.

하지만, 말이다.

자기변호를 좀 하겠다. 당시의 어리석은 나는 그것을 눈치채고, 그 점을 고치겠다며 그녀에게 고개를 숙였다. 이런저런 이유로 멋대로 질투했다. 화풀이 같은 짓을 해서 미안하다. 사과할 테니, 이제까지의 일은 그냥 잊어줬으면 한다—하고 말이다.

그랬더니, 그 여자가…….

뭐라고 했을 것 같아?

—내가 다른 사람과 사이좋게 지내는 건 싫어하면서, 자기는 다른 여자애와 친하게 지내는 거야?

뭐?

하고 되묻는 나를 대체 누가 비난할 수 있을까.

그녀의 말에 따르면, 나는 두 사람이 만났던 그 도서실에서 다른 여자애와 바람을 피웠다고 한다. —나는 짚이는 구석이 전혀 없었다. 아마 도서 위원과 이야기를 나누는 모습을 보고 착각한 것 같지만, 아야이는 바람을 피웠다는 둥 그건 바람이 틀림없다는 둥 같은 소리를 하며 내 말을 들은 척도 하지 않았다.

결국, 나는 무조건 사과할 수밖에 없었다.

어째서야.

그녀를 매몰차게 대한 것은 잘못이라고 생각한다. 그래서 사과했다. 고개를 숙였다. 그런 나를 용서해 줄지는 그녀에게 달렸다. 그것은 안다.

하지만, 왜 어처구니없는 착각 때문에 비난을 당해야 하는 걸까?

아니, 충동적으로 입을 잘못 놀리는 일도 있긴 할 거야. 나도 그랬거든. 그래서 사과했어. 하지만, 그럼 내가 했던 것처럼 그녀도 사과를 해야 하지 않아? 나만 불합리한 이유로 사과하게 해놓고, 자기는 「미안해」의 「미」 자도 입에 담지 않는다는 게 말이 돼? 이상하지 않아?

—그런 기분을 품은 채, 우리는 겉으로만 사이좋게 지내며 몇 달 동안 관계를 유지했다.

하지만— 한번 어긋난 톱니바퀴는 다시 맞물리지 않았다.

예전에는 매력적으로 느껴졌던 면이, 어느새 신경에 거슬렸다. 비아냥거리는 듯한 말을 서로에게 하게 됐으며, 스마트폰으로 연락을 취하는 것마저 성가시게 느껴졌다. 그런데도 상대방이 답하지 않는 것은 용납할 수가 없었고, 그런 점이 우리 사이의 골을 더욱 깊게 했다.

졸업 때까지 관계를 이어간 건, 우리가 겁쟁이였기 때문에 지나지 않는다. 용기가 없었을 뿐이다.

과거의 행복한 추억에, 매달리려 했을 뿐이다.

그리고 밸런타인에 아무런 연락도 주고받지 않은 시점에서, 우리는 실감했다.

이제 예전으로 돌아갈 수 없다는 것을…….

그래서 졸업을 계기로, 내가 말을 꺼냈다.

—헤어지자.

—응.

무덤덤한 대답이었다. 눈물 한 방울 흘리지 않았다.

그녀는 화내지도 않았고, 오히려 그 말을 기다렸다는 듯한 표정을 짓고 있었다. 아마 나도 비슷한 표정이었을 것이다.

그렇게 좋아했고…… 그렇게 소중했는데도 말이다.

당시의 나는 그녀가 불구대천의 원수처럼 보였다.

……정말, 연애라는 건 순간적인 마음의 흔들림에 지나지 않는다.

나는 드디어, 그 마음의 흔들림에서 해방된 것이다—.

그리하여 나는 무거운 짐을 내려놓은 듯한 개운한 심정으로, 힘차게 중학교를 졸업했다.

그리고, 그날 밤.

아버지가 진지한 표정으로 나에게 말했다.

—아버지가 말이지? 재혼을 할까 해.

어이쿠.

인간은 나이를 아무리 먹더라도 마음이 흔들릴 때가 있는 것 같았다. 홀로 나를 지금까지 길러준 아버지를 안됐다고 여겼던 나는 딱히 반대할 생각이 없었다. 재혼? 오케이. 마음대로 해. 나도 드디어 의무교육을 마친 참이니 말이야.

나는 기분이 좋았다. 그래서 아버지가 이런 말을 하는데도, 관대한 심정으로 그냥 흘려넘겼다.

—상대방에게 딸이 있는데…… 괜찮지?

어이쿠, 이 나이 들어서 의붓동생이 생기는 거냐. 마치 라이트노벨 같네. 하하하!

나는 오히려 텐션이 상승했다. 아마 냉정함을 잊었던 것이리라.

그래서 며칠 후, 새어머니가 될 여성과 의붓남매가 될 여자애와 만났을 때는 찬물을 뒤집어쓴 듯한 심정이었다.

— ………….

— ………….

그 여자애는 바로, 아야이 유메였다.

아니다.

그 순간에는 이리도 유메가 되어 있었다.

입을 쩍 벌린 채 서로를 쳐다보던 우리는 분명 마음속으로 같은 말을 외치고 있었을 것이다.

—이 빌어먹을 신!!

그리하여, 전 여친이 의붓남매가 됐다.

◆

"……잘 먹었습니다."

아야이가— 아니, 유메는 무덤덤한 목소리로 그렇게 말하면서 자신이 쓴 식기를 정리했다. 그리고 그것을 들고 부엌으로 향했다.

……젠장. 타이밍이 안 좋네. 나도 마침 식사를 마친 참이다. 이대로 아무 말 없이 자리에 앉아 있는 것도 좀 그렇다.

"잘 먹었습니다."

나도 식기를 들고 부엌으로 향했다. —그곳에서는 유메가 자신의 식기를 설거지하고 있었다.

짜증을 유발하는 그녀의 긴 머리카락은 청초한 척하듯 칠흑색을 띠고 있었다. 몸은 영양부족인 것처럼 빼빼 말라가지고 말이다. 부엌에서 접시를 씻는 게 아니라 우물 안에서 접시를 센다는 괴담 속 귀신이 어울려 보였다.

유메는 긴 속눈썹이 드리워진 눈으로 나를 힐끔 쳐다보았다. 하지만 아무 말도 하지 않았다. 그저 설거지하는 소리만이 들렸다.

나도 딱히 할 말은 없었다. 아무 말 없이 그녀의 옆에 서서, 설거지를 했다.

가능하면 이 여자와 부엌에서 나란히 서는 시추에이션을

피하고 싶었지만, 괜히 피하는 것도 문제가 될 것이다. 왜냐하면—.

“이야, 다 큰 남녀가 동거하게 되는 게 좀 마음에 걸렸는데, 의외로 잘 지내는 것 같아 다행인걸.”

“맞아! 오늘도 미즈토 군이 유메와 함께 서점에 갔다니깐. 역시 취미가 같으니까 금방 가까워지는 것 같아!”

“마음 좀 놔도 되겠군. 그게 가장 큰 불안거리였거든.”

식탁에서는 내 아버지와 유메의 어머니가 기쁜 듯이 이야기를 나누고 있었다.

갓 재혼한 두 사람은 하루하루가 참 즐거워 보였다. —자식들과는 정반대로 말이다.

“……알지?”

“……뭘?”

쏴아~ 하는 물소리에 가리도록, 옆에 있는 유메가 작은 목소리로 말했다.

“저 두 분이 후회하게 할 짓은, 하면 안 돼.”

“알아. 나와 너의 관계는 무덤까지 가지고 갈게.”

“그럼 됐어.”

“……되게 잘난 척하네. 언제부터 이런 애가 된 거야?”

“내가 옛날과 달라졌다면, 그건 백 퍼센트 네 탓이야.”

“뭐?”

“흥.”

"이봐~! 너희들~! 무슨 이야기를 그렇게 하는 거니~?"
식탁 쪽에서 아버지의 목소리가 들어오자, 우리는 인상을 풀었다.
"그게, 오늘 좀 산 책에 관해 좀 이야기했어."
"아, 네, 그래요. 책 이야기를 나눴어요."
"—아얏."
유메는 밝은 목소리로 대답을 하면서, 몰래 로우킥을 날렸다.
"(『좀』은 한 번만 말해도 되잖아. 국어 성적 괜찮아?)"
"(공교롭게도, 국어는 전국 모의고사 두 자리 등수야. 너도 알잖아?)"
"(……짜증나. 그걸 『대단해~』 하며 추켜세우던 과거의 내가 말이야.)"
"(나도 짜증나거든? 그 칭찬을 순순히 받아들이던 과거의 내가 말이지.)"
겉으로는 관계가 양호한 의붓남매인 척했다.
우리 관계를 안 바람에, 아버지와 유니 씨가 재혼한 것을 후회하게 해선 안 된다—.
그것이, 나와 유메 사이에서 유일하게 성립한 공통견해였다.
거꾸로 말하자면, 그것 말고는 아무것도 성립하지 않았다고 할 수 있다.

내 방에서 오늘 산 책을 읽고 있을 때 똑똑, 노크 소리가 들렸다.

"아버지? 뭐야?"

대답이 없었다. 독서를 중단하기 싫었지만, 괜한 행동으로 아버지의 신혼 기분에 찬물을 끼얹고 싶지 않다. 나는 책갈피를 끼운 후, 방문을 열었다.

복도에 있던 건, 내가 이 세상에서 가장 싫어하는 여자였다.

즉, 이리도 유메였다.

"……뭐야?"

아까보다 온도가 100도 가량 내려간 『뭐야』로, 나는 유메를 맞이했다.

유메는 「흥」 코웃음을 치면서 고개를 뻣뻣이 들었다. 『이 정도 쌀쌀맞은 태도로는 눈썹도 까딱 안 해』 하고 말하는 것 같았다.

지금 심경을 자극적이지 않게 완곡하게 표현하자면, 확 날려버리고 싶어~.

"할 말 있는데, 시간 있어?"

"있을 리가 없잖아. 내가 오늘 뭘 샀는지, 너도 알잖아?"

"알아. 그래서 온 거야. 나는 다 읽었거든."

"칫."

내 독서를 훼방 놓는 타이밍에 찾아온 것 같았다.

사귀던 시절부터, 독서 속도는 그녀가 나보다 조금 빨랐다. 같은 타이밍에 책을 사서 같은 타이밍에 읽기 시작한다면, 내가 딱 클라이맥스 부분에 도달했을 즈음에 이 여자가 먼저 책을 다 읽게 된다.

음습 그 자체.

이런 면이 딱 질색이야.

헤어지길 잘했어.

"……뭔데? 짤막하게 말해."

"방 안에 들여보내 줘. 두 분이 들을지도 몰라."

"쳇."

"일일이 들으라는 듯이 혀를 차지 말아줄래?"

"네가 내 시야에서 사라지면 안 찰 거야."

"쳇."

아버지와 유니 씨의 모습은 보이지 않지만, 나는 복도를 주의 깊게 살핀 후에 유메를 방에 들였다.

유메는 발치를 살피면서 방 안으로 들어왔다.

"책밖에 없는 더러운 방이네. 여기 있기만 해도 몸이 더러워질 것 같아."

"아버지가 출장 중에 내 방에 왔을 때만 해도 너는 『우와……! 서고 같아!』 하고 말하며 눈을 반짝였지 않았어?"

"제행무상이네. 이제는 셜록 홈즈 전집의 전권이 질서정연하게 꽂혀 있는 것만 보고도, 짜증이 끝없이 치솟아."

"그대로 죽어버려. 모리어티 교수처럼 폭포 밑바닥에 가라앉혀 주겠어."

나는 그렇게 말한 후, 책에 뒤덮이다시피 한 침대에 걸터앉았다.

"그건 그렇고, 할 말이 뭐야?"

"슬슬 한계야."

유메는 선 채로 냉랭한 표정을 지으며 말했다.

"이제, 더는, 버틸 수 없어. ―나는 언제까지, 너한테 『유메』라고, 이름으로 불려야 하는 건데?"

나는 미간을 찌푸렸다. 이 녀석한테는 불쾌함을 감출 필요가 없다.

"나도 너한테 『미즈토』라고 불리고 있거든?"

"내가 부르는 건 그나마 나아. 하지만 너한테 이름으로 불리는 건 못 견디겠어. 사귀― 중학생 때도, 허락한 적 없는걸."

오호라, 『사귀던 시절』이라는 말을 입에 담는 것도 싫은 거냐.

"성이 같으니까 어쩔 수 없잖아. 그럼 뭐로 부르라는 건데?"

"딱 적당한 게 있잖아?"

"뭐야?"

"『누나』."

"……뭐?"

"우리는 남매니까, 『누나』라고 부르는 게 적절하지 않아?"

"아니, 잠깐만 있어 봐."

나는 머리를 감싸 쥐었다.

"네가? 누나? 내? ……바보 같은 소리 마. 반대잖아."

"뭐?"

"『오빠』라고. 내가 너의 오빠. 네가 여동생이야."

이 녀석이 대체 뭐라고 지껄이는 거야.

"……하아. 아무래도 이 의붓남동생은 뇌세포 대부분이 골로 가버렸나 보네."

"너야말로 영원히 골로 보내줄까?"

"수학 전국 모의고사 두 자리 등수인 내가 설명해줄 테니, 잘 들어."

국어보다 수학을 더 잘하다니, 독서가를 자처할 자격도 없는 녀석이야. 용서 못 해.

유메는 마치 교사라도 된 것처럼 손가락을 세웠다.

"이 세상에 먼저 태어난 쪽이 누나 혹은 오빠가 된다. 이것이 전제 1. 그리고 나는 너보다 빨리 태어났다. 이게 전제 2. 그에 따라, 내가 네 누나가 된다. 이것이 결론. 이해했어?"

유메가 의기양양한 투로 늘어놓은 것은 수학이 아니라 논리학이지만, 나한테는 그것보다 더 중요한 점이 있었다.

"……내 기억이 옳다면, 나와 너는 생일이 일치했던 것 같은데 말이야."

그렇다. 이것도 신의 함정이다.

나와 이 여자는 생일이 똑같다.

그래서 의기투합한 것은 아니지만, 일단은 『그럼 같이 생일을 축하받을 수 있겠네』 같은 소름 돋는 소리를 하며 선물 교환을 하는 흉흉한 의식을 치른 기억도 있다. 봉인한 후에 쓰레기통에 버린 기억이지만 말이다.

"그러니까, 우리 사이에 오빠나 누나 같은 건 성립하지 않아."

"아까 너는 내가 여동생이라고 선언했던 것 같은데 말이야."

의붓누나와 의붓동생 중에서는 의붓동생 쪽이 확 와닿는다는 뜻에서 한 말이다. 다른 뜻은 없다.

"아무튼, 이 전제가 흔들릴 일은 없어. 일치하는 건 생일뿐— 태어난 시각은 그렇지 않거든."

"태어난 시각?"

"이미 다 조사해뒀어."

마치 형사 같은 소리를 한 유메는 스마트폰을 꺼내서 나에게 화면을 보여줬다.

"봐."

스마트폰 화면에는 갓난아기의 사진이 찍혀 있었다. 앨범 속 사진을 찍은 것 같았으며, 사진 아래편에는 글자가 있었다.

"네가 태어난 시각은 오전 11시 34분."

화면을 넘겨서 다음 사진을 띄웠다. 갓난아기가 찍힌 사진이었으며, 유메는 그 안에 실린 시계를 손가락으로 가리켰다.

"그리고 이 사진에 따르면, 나는 적어도 오전 11시 4분에는 이미 태어났어. 적어도 30분, 내가 더 빨리 태어난 거야. 알았어?"

…………이 녀석, 제정신인가?

겨우 이딴 것을 위해서, 우리 집 앨범까지 다 뒤진 건가.

"질리겠네~."

내가 솔직한 감상을 입에 담자, 유메는 얼굴을 붉혔다.

"뭐…… 어째서야?! 완벽한 추리에는 명백한 증거가 필요하잖아?"

"이래서 본격 미스터리 마니아는 문제야. 그렇게 퍼즐성을 중시한다면, 그냥 퍼즐이나 풀지 그래?"

"우와, 싸움을 걸었어! 본격 미스터리 마니아 전체에게 싸움을 걸었어! 좋아, 받아줄게! 덤벼!"

"뭐, 공평하니 마니를 따지면서도 해결 파트 전에는 추리를 안 하는 네 장난질에 일부러 어울려주자면, 유감스럽게도 그 논증에는 구멍이 있어."

"뭐, 구멍?! 구멍 난 건 네 눈알이거든?! 이 옹이구멍아!!"

정곡을 찔려서 발끈한 미스터리 마니아(독자로부터의 도전장을 무시하는 타입)에게, 나는 그 반증을 제시했다.

"『이 세상에 먼저 태어난 쪽이 누나 혹은 오빠가 된다』— 너는 이것을 전제로 삼았지만, 그 말에는 오류가 있어. 원래 일본에서는 쌍둥이 중에 먼저 태어난 쪽이 동생이 됐어."

"뭐? 어째서야?"

유메는 내 말에 관심이 생긴 듯한 표정으로 고개를 갸웃거렸다.

"먼저 태어난 쪽이 오빠 혹은 누나를 위해 길을 닦는다거나, 나중에 태어난 쪽이 자궁 안에서 위쪽에 있었다거나, 이런저런 설이 있긴 해. 아무튼, 같은 날에 태어난 의붓남매인 우리를 의붓 쌍둥이로 볼 경우, 먼저 태어난 네가 동생인 게 돼. 자, 반론해봐."

"우…… 우리는, 딱히 쌍둥이가 아니니까……."

"그렇게 치자면 친남매도 아냐. 의붓남매에 지나지 않는다고."

"윽…… 으으으……."

유메는 분하다는 듯이 신음을 흘리더니, 원망 섞인 눈길로 나를 노려보았다. 하하하. 순순히 내 앞에서 무릎을 꿇으라고.

"……어, 잠깐만 기다려봐."

"안 기다려. 나가."

"방금 그 쌍둥이의 순서가 어쩌고 하는 건 옛날이야기지? 지금은 먼저 태어난 쪽을 나이가 많은 걸로 치지 않아……?"

"……쳇. 순순히 속으라고."

"앗?! 나, 나를 속이려고 한 거지?!"

"아무튼, 내가 오빠야. 자, QED(증명 종료). 해산~."

"내가 누나야! 네 동생이 된다니, 소름이 돋네!"

우리는 서로를 똑바로 노려보았다. 시선에서 불똥이 튄다는 건 지금의 우리에겐 꽤 완곡한 표현일 것이다. 우리의 시선과 시선이 야마다 후타로[#1] 작품의 칼부림 장면처럼 격돌하며 피보라를 일으키고 있는 것만 같았다.

흉흉한 유메의 눈동자 안에서 아마쿠사 시로가 마계 전생할 것만 같다는 생각이 들자, 나는 한숨을 내쉬며 숙이고 들어갔다.

"……이대로 눈싸움을 벌여봤자 결판은 안 나. 차라리 게임으로 결판을 내는 게 이성적인 인간의 방식 아닐까?"

"말투는 밥맛이지만, 맞는 말이긴 해."

"뭐로 할래? 가위바위보? 제비뽑기? 동전 던지기?"

"잠깐만 기다려봐."

"안 기다려. 나가."

"자동적으로 그 말 좀 하지 마!"

어이쿠. Bot를 끄는 걸 깜빡했네.

유메는 입가에 손을 대더니, 「그래……」 하고 중얼거리며 생각에 잠겼다.

"……기왕이면, 이런 건 어때?"

"마음 같아서는 무슨 소리를 하든 부정하고 싶지만, 다행히도 나는 이성적인 인간이거든. 일단 들어는 줄게."

"열받아……. 우리는 이제부터 원래 관계를 숨긴 채, 나름

#1 야마다 후타로 일본의 대중소설가. 「코우가 인법첩」, 「마계 전생」 등 닌자나 검호들이 등장하는 대표작으로 유명하다.

사이좋은 의붓남매로 살아야 해. 맞지?"

"매우 유감이지만 말이야."

"지금은 괜찮지만, 머지않아 한 쪽이 실수할지도 몰라. — 즉, 의붓남매 답지 않은 언동을 할지도 모르잖아? 그런 쪽이 지는 걸로 하면 어때?"

"흐음……. 괜찮겠어?"

"뭐가?"

"그런 룰이라면, 내가 이길 게 뻔하거든."

"나를 무시하는 거지?!"

사실을 참고해서 내린 논리적 추측이다.

"……뭐, 좋아. 긴장감이 생길 테니, 우리 관계를 숨기는 데도 도움이 되겠지. ……참고로, 이 룰은 아버지와 유니 씨가 없는 데서도 적용되는 거야?"

"물론이야. 지금 이 자리에서도 말이지."

"그래. 『의붓남매답지 않은 언동을 한 쪽이 동생이 된다』구나."

"한 번 질 때마다 한 번만 말이야. 구체적으로 어떻게 『동생』으로 할 건지는 그때마다 정하기로 해."

"단발 즉사라면 의미가 거의 없으니 말이야. 오케이, 그렇게 하자."

"그럼 지금 이 순간부터— 시작!"

짝! 하고 유메가 박수를 친— 바로 직후였다.

유메가 내 책장 앞으로 이동하더니, 당연한 듯이 책을 뒤지기 시작했다.

"어…… 갑자기 뭐 하는 거야?!"

"어~? 딱히 이상할 건 없잖아~? 우리는 남매인걸~."

능글맞은 미소를 짓는 그녀를 본 순간, 나는 뒤늦게 이 룰의 진정한 콘셉트를 이해했다.

남매라면 당연한 일로 여겨지는 행위를 상대방이 취하더라도, 이유 없이 거부감을 드러낼 수 없다. 『의붓남매답지 않은 언동』에 포함되기 때문이다.

즉…… 이 룰은, 괴롭힘의 면죄부!

이, 이 여자……! 그러려고 이딴 룰을 제안한 거냐! 성격이 더럽게 꼬였네! 만약 이 성깔 더러운 여자한테 반하는 남자가 있다면, 그 녀석도 이 애와 마찬가지로 성격이 배배 꼬였을 거야!

……큰일 났다.

유메가 책장에서 대충 책을 꺼내보며 「흐음~」, 「헤에~」, 「우왓」 같은 소리를 늘어놓자, 나는 그녀를 노려보며 내심 위기감에 사로잡혔다.

책장을 통해 내 마음을 읽히는 듯한 느낌이 들어서 좀 거북하지만, 다행히도 딱히 문제될 만한 책은 꽂혀 있지 않았다. 고작해야 살짝 야한 에로 라이트노벨 같은 것뿐이다.

문제는…… 그 옆이다. 공부할 때 이용하는 책상의 서랍이다.

내 방에서 유일한 판도라의 상자라 할 수 있는 그곳에는 중학생 때 쓴 자작 소설 노트, 이유가 있어 약국에서 사둔 어떤 물건— 그리고, 사귀던 시절에 저 여자한테 받은 선물이 숨겨져 있다!

만약 그것을 저 여자가 본다면—.

『우왓, 아직도 이딴 걸 가지고 있어? 혹시 나한테 아직 미련이 있는 거야? 어~? 좀 작작 좀 해주면 안 돼~?! 징그러~!』

—절대 들켜선 안 된다.

이대로 있다간, 유메의 흥미가 책상으로 이동하는 것도 시간문제다. 그 전에 어떻게든 주의를 다른 곳으로 돌려야만 한다. 그것도, 의붓남매로서 부자연스럽지 않은 행동으로!

나는 뇌세포를 총동원해서 돌파구를 찾았다. 이렇게 머리를 쓴 것은 고등학교 입시 이후로 처음일지도 모른다.

그 덕분인지— 이 『남매 룰』이 지닌 또 하나의 운용법에 생각이 미쳤다.

"……좀 봐줘."

내 입에서 힘없는 목소리가 흘러나오자, 유메가 검은 머리카락을 흔들며 나를 돌아보았다.

나는 침대에서 일어선 후, 그녀에게 다가갔다. 유메는 당황한 듯한 표정으로 내 얼굴을 올려다보았다.

"더는 너와 다투고 싶지 않아……."

"뭐……."

유메가 눈을 살짝 치켜떴다. 그런 그녀의 눈동자에, 내 진지한 표정이 비쳤다.

"마음에 안 든다면 사과할게. 네 시야에서도 사라져줄게. 그러니까…… 이런 짓은, 이제 그만 하자."

나는 유메의 어깨에 손을 얹으면서 진지하기 그지없는 목소리로 그렇게 말했다.

시선이 흔들리던 유메는 나를 다시 힐끔 올려다보았다.

커다란 눈동자가 미세하게 흔들렸다. 내 얼굴을 멍하니 응시하는 그녀의 얼굴에서 당황한 기색이 서서히 사라졌다.

이윽고, 그녀의 눈동자는 진지하기 그지없는 내 표정에 초점을 맞추더니—.

"…………이리, 도…………."

"자, 아웃~."

"어?"

얼이 나간 것처럼 입을 벌린 유메가 그대로 굳어버리자, 나는 히죽 웃었다.

"남매는 서로를 성으로 부르지 않아."

아연실색한 유메의 얼굴이 홍차 티백을 담근 물처럼, 서서히 새빨간 색으로 물들었다.

과거의 관계를 일부러 떠올리게 한다. —그것이 이 룰의 필승법이라는 것을 이 여자도 드디어 눈치챈 것 같았다.

"어…… 이, 이러면…… 너도 아웃이잖아!"

"왜? 다투고 싶지 않아 하는 게 당연하지 않아? 우리는 남매인걸."

"아아아아아……!! 으으으으으으으……!!"

귀까지 새빨개진 채 분통을 터뜨리며 머리를 감싸 쥐는 『의붓동생』을, 나는 만족스러운 심정으로 내려다봤다.

"자…… 약속대로, 동생이 되어주실까?"

"뭐…… 뭘 시키려는 거야……?!"

"자기 몸을 감싸며 뒷걸음질 치지 마. 너는 의붓동생을 어떻게 생각하는 거야?"

마음껏 놀려주고 싶은 심정이지만, 나도 정도라는 걸 안다고. 고양이 귀 의붓동생 메이드 같은 건 다음에 시켜주지.

"처음이니까 심플하게 가볼까. 호칭을 바꿔."

"어…… 어떻게……?"

"네가 부르고 싶은 대로 불러."

네가 생각하는 의붓동생이란 어떤 건지 보여봐. 푸하핫~! 유쾌하구먼~! (입을 크게 벌리고 레드 와인을 들이켠다)

유메는 「으으……」 하고 신음을 흘리면서 불만을 드러냈고, 시선이 계속 흔들리더니, 꼭 말아쥔 손을 가슴으로 끌어안은 끝에— 수치심 탓에 벌게진 얼굴로, 나를 올려다보았다.

그리고 떨림을 머금은 가녀린 목소리가, 내 귓불에 전해졌다.

"오…… 오, 빠……."

"……………………."

나는 고개를 돌렸다.

"아, 아웃! 방금 반응은 아웃이야! 평범한 남매 사이에 오빠라고 불렀다고 멋쩍어할 리 없어!"

"……멋쩍어한 적 없어."

"멋쩍어했잖아! 네가 네 얼굴을 얼마나 봐왔는데, 그것도 모를 것 같아?!"

"글쎄요. 사람 잘못 본 것 아닌가요. 당신과는 며칠 전에 처음 만났는데요."

"약았어! 약았어, 약았어, 약았어, 약았어, 약았어!!"

유메가 어린애처럼 발을 동동 굴렀지만, 나는 절대 그녀를 쳐다보지 않았다. 얼굴이 빨개졌거나, 가슴이 쿵쾅거리거나, 또 그렇게 불러줬으면 좋겠다고 생각하는 건 아니지만, 그래도 이 녀석을 쳐다볼 생각은 눈곱만큼도 없다.

그 바람에 유메는 계속 투덜거렸고, 그 소리가 꽤 컸던 것 같았다.

"유메~? 시끄러운데, 무슨 일 있니~?"

유니 씨의 목소리가 아래층에서 들려왔다. 나에게는 구원의 목소리였다. 나는 미소를 지으며 의기양양하게 말했다.

"시간 종료."

"크, 으으으으……!!"

"뭐, 이번 일로 질렸으면 앞으로는 나한테 간섭하지 마. 미스터리를 읽다 보니 착각에 빠졌나 본데, 너와 나는 여기 수준이 차이 나거든."

바로 여기 말이지. 나는 관자놀이를 손가락으로 두드렸다.

화가 난 건지 분한 건지는 모르겠지만, 얼굴이 점점 빨개진 유메는 결국 울먹거리기 시작했다.

"…………옛날에는, 이런 심술궂은 소리 같은 거 안 했는데…………!!"

……울지 말라고, 이 비겁한 녀석아.

나는 찝찝한 표정으로 앞 머리카락을 만지작거렸다.

……좀 심했나. 독서 경향으로 놀리는 건, 우리 같은 인종에게 있어 최악의 인격 공격이다. 범죄자의 책장에 꽂힌 책을 가지고 멋대로 떠들어대는 매스컴 같은 짓은, 뭐, 좀, 심한가…….

나는 한숨을 내쉰 후, 마지못해 오른손을 내밀어서— 툭툭. 어린애를 달래듯 유메의 머리를 가볍게 쓰다듬었다.

"그래. 내가 잘못했어요. 죄송합니다. 아야— 으음, 누나."

……그리운걸. 예전에는 내가 이러면, 아야이는 배시시 웃었지—.

하지만, 지금의 그녀는 배시시 웃지 않았다.

분화 직전의 화산처럼, 온몸을 부들부들 떨면서—.

"…………그."

"그?"

"그런…… 짓을! 아무렇지 않게 하는 면이, 딱 질색이었어!! 야 이 망할 오빠야!!"

참신한 대사를 토한 유메는 책의 탑에 발이 걸려 비틀거리더니, 내 방 밖으로 뛰쳐나갔다.

나는 아연실색한 표정을 지으며 방에 홀로 남겨졌다.

……방금 그건, 사귀던 시절에도 본 적이 한 번도 없는 반응이었다.

"……하아……."

—나도 말이야.

너의 그런— 소극적이면서 지기 싫어하고, 어른스러우면서도 어린애 같으며…… 다 잊었을 즈음에, 이렇게 새로운 모습을 보여주는—.

—너의 그런 면이, 딱 질색이었어.

◆

결과적으로…….

"……좋은 아침이야, 미즈토."

"……좋은 아침이야, 유메."

서로에 대한 호칭에는 변함이 없었다.

원래, 룰에 따라서 동생이 되어주는 건 딱 한 번만으로 약속해뒀다. 안 그랬다간, 서로를 『누나』, 『오빠』라고 부르는 괴상한 관계가 되고 마는 것이다.

변한 점이 있다면—.

“미즈토, 간장 줄래?”

“아, 응. 유메.”

간장을 넘겨주면서, 한순간 시선이 교차했다.

—네 여동생은 절대 되고 싶지 않아.

—이런 우연도 다 있는걸. 나도 남동생은 절대 되고 싶지 않다고.

그런 의지가 눈빛을 통해 서로에게 전해졌다.

이 여자와는 마음이 맞지 않는다. 중학생 때 사귄 것도 뭔가 잘못된 것이 분명하며, 우리가 정신이 나갔던 것에 지나지 않는다. 어제, 그 점을 다시 인식했다.

우리는 한 식탁에 앉아 아침을 먹으면서, 테이블 아래로 로우킥을 교환했다. 옆에서는 아버지와 유니 씨가 아무것도 눈치채지 못한 표정으로 훈훈하게 담소를 나누고 있었다.

우리만이, 우리의 관계를 알고 있다.

한 지붕 아래에서 지내는 가족이 이 세상에서 누구보다 미운, 불구대천의 원수라는 것을…….

……그건 그렇고.

“유메, 간장 좀 줘.”

“응, 미즈토.”

사귀던 시절에도 우리는 서로를 성으로 불렀는데, 헤어진 후에 이름으로 부르게 되다니— 신이란 자식은 참 짓궂은 걸, 하고 생각했다.

전 연인은 함께 집을 본다
"여기는 내 집이니까, 딱히 이상할 건 없잖아?"

이제 와서는 젊은 날의 치기라고 말할 수밖에 없겠지만, 중학교 2학년 때부터 중학교 3학년 때까지 나에게는 소위 남친이라 부르는 존재가 있었다.

출세와는 거리가 멀어 보이는 외모에, 패션 같은 건 딱히 신경 쓰지 않으며, 항상 등이 굽어 있을 뿐만 아니라, 하는 이야기 또한 전혀 재미없는, 남성으로서의 매력을 전혀 가지지 못한 쓰레기 덩어리 같은 남자였다. ―뭐, 머리는 좋은 편이었지만 말이다.

하지만, 당시 중학교 2학년― 천의무봉의 사춘기이자 천하무쌍의 수수 그 자체 여자였던 나는 좀 상냥하게 대해주고, 좀 말이 통하며, 좀 즐겁네~ 하고 느꼈을 뿐인데 순식간에 그에게 끌리고 말았다.

실수다.

그야말로 젊은 날의 치기다.

한밤중이라 텐션이 상승한 상태에서 쓴 러브레터를 분위기에 휩쓸려 건네준 순간, 전부 끝났다. 내 운명의 레일은 종점까지 깔려 있었던 것이다.

중학생의 연애가 도달할 곳은 『파국』이라는 두 글자뿐이다.
어린애 눈속임 같은 순정만화와는 다르니까— 언젠가 정신이 들어서 현실을 보게 되면, 아무 일도 없었던 듯이 헤어진다. 나와 그 남자 또한 그렇게 됐다.
그리고, 우리의 부모들이 재혼했다.
의붓남매가 된 우리는 한 지붕 아래에서 살게 됐다.
세상일이라는 게 뜻대로 되지 않는 법이라지만, 이 정도로 불운한 일은 흔하게 일어나지 않을 것이다— 분명 신이 설치한 함정이다.
신이 설치한 함정.
즉, 운명이다.

그 남자와 사이가 좋았던 시절 같은 건 뇌 안의 쓰레기통이 내다 버린 지 오래지만, 그래도 욕실 곰팡이처럼 끈질기게 남아있는 기억이 존재한다는 점은 유감스럽게도 인정할 수밖에 없다.
그것은 아마, 중학교 2학년과 3학년 사이— 봄 방학 때의 일일 것이다.
나는, 그 남자의 집에 초대됐다.
—오늘, 부모님, 안 계셔.
그 남자가 멋쩍은 목소리로 그렇게 말한 순간, 당시의 어리석은 나로서는 즉시 이렇게 생각할 수밖에 없었다.

드디어 왔다, 하고 말이다.

데이트도 했고, 키스도 했으니, 그 다음은— 요즘 여자 중학생이라면 당연히 그렇게 생각할 것이다. 내가 특별히 밝히는 건 아니다. 진짜다.

우연히 듣게 되는 같은 반 여자애들의 이야기에서도, 그런 화제가 나오던 시기였다. —왜냐하면 우리는 이미 빌어먹을 생리와의 싸움을 시작한 것이다. 인터넷에 나도는 사진이나 영상을 보며 시끄럽게 구는 남자 놈들과는 그런 개념과 거리감이 달랐다.

나는 각오했다.

책을 통해서만 알던 것을, 드디어 내 몸으로 경험하게 됐다며— 기대와 불안이 3:7 정도로 뒤섞인 심정으로, 태어나서 처음으로 남친의 방에 상경한 것이다.

상경이라니…….

자기가 생각해도 바보 같은 표현이라고 생각하지만, 그 정도로 각오를 다졌다—. 전날 밤에 『첫 체험 전에 알아둬야 할 것』 같은 페이지를 인터넷으로 찾아서 읽어봤던 것은 물론이고, **신음** 요령까지 예습했다.

준비를 철저하게 마치고 그 남자의 방에 들어간 나는 우선 내 몸을 둘 장소를 찾았다. 책이 잔뜩 있는 잡다한 방에는 앉을 장소가 침대밖에 없었다. 저기? 역시 저기야? 내가 우물쭈물하자, 그 남자는 태연한 투로 말했다.

—부담 가지지 말고 앉아.

그 말에 나는 결국 침대에 걸터앉았지만, 그 직후에 놀랄 일이 벌어졌다.

그 남자가, 당연한 듯이 내 옆에 앉은 것이다.

나는 생각했다.

—어……?! 새, 생각보다 적극적이야……! 평소에는 소극적인데!

이 여자는 대체 시야가 얼마나 좁은 거야. 트럭에 확 치여서 이세계로 꺼져버려.

현재의 나는 그렇게 생각했지만, 유감스럽게도 당시의 나는 추하게도 지구에 들러붙어서 그 남자와 잡담을 나누기 시작했다.

어떤 이야기를 나눴는지는 생각나지 않는다. 내 머릿속에는 그가 나를 언제 덮칠까, 우선 키스부터 할까, 속옷을 잘 골라 입은 걸까, 그런 생각으로 가득 차 있었던 것이다.

그 남자가 고쳐 앉을 때마다 어깨를 부르르 떨었고, 손가락이 희미하게 닿을 때마다 비명을 지르려 하는, 그런 숫처녀 티를 마구 내는 불쌍한 시간이 10분, 20분, 30분…….

그 후로 한 시간이 흘렀고, 두 시간이 흘렀으며, 세 시간이 지나자—.

어? 아직이야?

그런 생각이 들었을 즈음, 그제야, 그 남자가 말했다.
—벌써 시간이 이렇게 됐네. 그럼, 슬슬…….
왔다.
드디어 왔다.
아프지 않기를. 무섭지 않기를. 잘 할 수 있기를……!

—돌아가는 편이 좋겠네. 배웅해줄게.

…………………….
어?
—저, 저기…….
—정말 아쉽지만, 귀가가 더 늦어졌다간 가족 분들이 걱정할 거야.
그리하여, 나는 그 남자에게 배웅을 받으며 자택인 맨션으로 돌아갔다.
혹시, 우리 집에서 덮치려는 걸까?! 그런 거 아냐?!
그런 생각까지 했지만, 잘 생각해보니 집에는 엄마가 있다. 그런 행위를 할 거라면, 그의 집이 훨씬 낫다.
맨션 입구 앞에 선 그 남자는 태연하게 손을 흔들며, 태연한 어조로 말했다.
—오늘 즐거웠어. 그럼 다음에 봐.
나는 멀어져 가는 그를 멍하니 쳐다본 후— 그제야 눈치챘다.

그는, 그렇고 그런 일을 할 생각으로, 나를 집에 부른 게 아니다.

그저, 자기 방에서, 나와 이야기를 나누고 싶었을 뿐이다.

어른의 계단을 오를 심산이었던 것은, 나뿐이었다!

—어머? 유메, 얼굴이 빨갛잖니. 혹시 감기에라도 걸린 거야~?

집에 돌아가자, 엄마가 걱정해줬다.

솔직하게 대답할 수도 없었기에, 나는 침대에 드러누워서 밀려오는 수치심에 괴로워하기만 했다.

그로부터, 약 1년 후.

결정적인 파국에 이를 때까지, 나와 그 남자는 결국, 그렇고 그런 행위를 하지 않았다.

◆

"오늘, 아버지와 유니 씨가 늦게 귀가할 거래."

겨우 짐 정리를 마친 내가 방에서 우아하게 본격 미스터리를 즐기고 있을 때, 의붓동생 — 누가 뭐라고 하든 동생이다 — 이 찾아와서 그렇게 말했다.

"……흐음. 그래서?"

"그래서는 무슨……."

내 의붓동생인 이리도 미즈토는 벌레라도 씹은 듯한 표정을 지었다.

……아하. 나와는 사무적인 대화를 나누는 것도 괴롭단 거지? 흐음.

"저녁밥은 어떻게 할 거야?"

"내가 챙겨줘야 한다는 듯이 말하지 말아줄래? 나는 네 엄마가 아냐."

"알아. 그래도 같이 밥 먹는 사람으로서 상의를 하려는 것뿐이라고— 칫, 너와 이야기를 나눌 때면 영 진도가 안 나간다니깐."

……마치 나 때문인 것처럼 말하네.

많이 개선됐거든? 너와 처음 만났을 적에 비하면 말이야.

그늘에서 자란 콩나물처럼 빼빼 마른 내 의붓동생은 빈말로도 봐줄 만하다고 말 못 할 눈매를 더욱 험악하게 만들면서 발끝으로 바닥을 걷어찼다.

사실 이 남자는 얼굴 생김새 하나는 한 폭의 그림처럼 단정했다. 퍼석퍼석한 머리카락과 헐렁헐렁한 옷이 다 망치고 있지만 말이다. 그래서 원래라면 호감도 마이너스로 이어질 짜증나는 태도조차도 왠지 멋지게 보였으며, 그 점이 내 신경을 건드렸다.

"그럼 저녁은 내가 알아서 준비할게. 메뉴도 알아서 고를게. 괜찮지?"

"준비한다니…… 요리, 할 줄 알아?"

"조금은 해. 쭉 아버지와 단둘이 살아왔거든. 너는— 아하."

미즈토는「훗」하고 나를 무시하듯 웃음을 흘렸다.

이 남자는 내가 요리를 못한다는 점을 안다. 전에 내가 만든 산업폐기물 급의 도시락을 다 먹고,『참 맛있었어』하고 거짓말을 늘어놓은 적이 있는 것이다.

"뭐, 이제부터 우리는 가족이잖아. 조금은 은혜를 베풀도록 할까. 감사하며 먹으라고. 내가 만든 요리를, 돼지처럼 말이지."

이 남자, 언젠가 죽여버리겠어.

마음속에서 샘솟는 살의를 가슴 속에 억누른 나는 억지로 미소를 머금었다.

"아냐, 미즈토. 전부 너한테 맡겨선 미안할 것 같아. 나도 도울래."

"됐어. 또 네 두 손이 반창고 범벅이 되었다간 귀찮을 것 같거든."

"너한테 일방적으로 신세를 지기만 하는 게 마음에 안 든다는 말이거든? 이 냉혈남."

"냉혈녀한테 그런 소리 듣고 싶지 않은걸— 하아."

미즈토는 보란 듯이 한숨을 내쉬었다. 혹시 무게 잡는 건가? 그럼 빨리 죽어버렸으면 좋겠다.

"그럼 가자."

"……가다니?"

어디에? 하고 중얼거린 나는 고개를 갸웃거렸다.

"그야 물론 장을 보러 가자는 거지. —무(無)에서 요리를 창조할 수 있을 것 같아?"

맙소사.

왜 나는 헤어진 지 한 달도 안 된 전 남친과 함께 슈퍼에 온 것일까.

이래서야 신혼부부 혹은 동거 중인 커플 같잖아!

"으음…… 어, 이거 싸네."

내가 그런 생각을 하고 있을 때, 옆에서는 전 남친이 카트에 여러 상품을 집어넣고 있었다.

이 남자는 이 상황에서 아무것도 못 느끼는 걸까? 어마어마하게 둔감한 걸까— 아니면, 나를 여자라고 생각하지 않는 걸까. ……하긴, 나는 여자가 아니며, 그도 남자는 아니다. 누나, 그리고 동생이니 말이다.

……안 돼. 이러다간 예전과 똑같은 실수를 반복할 뿐이야. 나 혼자만 들떴다가, 나 혼자만 손해를 볼 게 뻔해.

평상심을 유지하자.

"……아까부터 대충 손에 잡히는 대로 넣는 것 같은데, 뭘 만들려는 거야?"

"응~? 아, 몰라."

"어…… 모른다고? 요리 재료를 사고 있는 건 맞지?"

"그러니까, 우선 싼 재료를 적당히 산 다음에 그걸로 만들 수 있는 요리를 생각해볼 거야. 미리 뭘 살지 정해버렸다간 가격이 비싸도 살 수밖에 없거든."

"…………아하."

납득하고 말았다.

생활의 지혜, 라는 걸까. ……이 남자에게 생활력이란 파라미터가 있을 줄은 몰랐다.

이 녀석, 뭐야. 왜 이렇게 쓸데없이 스펙이 뛰어난 건데?

"만약 아무것도 생각나지 않더라도, 전부 냄비에 넣고 카레 루를 넣으면 카레가 돼. 『요리를 만든다』와 『식사를 만든다』의 차이를 이해하렴, 동생아."

"누가 동생이란 거야. 내가 누나라고 말했지?"

"알았다, 알았어."

……미즈토의 말을 들으면 들을수록, 그에게 맛도 없는 도시락을 먹였던 일이 떠올라서 비참해졌다. 이익…….

"뭐, 때때로 어설픈 요리를 내놓는 건 꽤 귀여울지도 모르지만, 매일 그런다면 곤란하거든. 요리 실력 좀 갈고닦아."

미즈토가 별생각 없이 뱉은 말에, 내 머리와 몸은 느닷없이 굳어버리고 말았다.

……귀, 귀여워?

이 남자가 또 헛소리를— 그래도 방금 그건 아무 생각 없이 중얼거린 느낌이니까, 진심일 가능성도—.

"……왜 그래? 두고 갈 거야."

어느새 통로 한복판에 멀뚱멀뚱 서 있고 말았다. 나는 허둥지둥 미즈토를 쫓아가면서, 잡념을 쫓아내기 위해 머리를 흔들었다.

진짜로, 이대로는 예전과 똑같은 실수를 반복할 것 같다. 나는 이렇게 괜한 생각에 휘둘리고 있는데, 이 남자는 이렇게 태연자약한 건 너무 불공평하다.

……나를 의식하게 만들어야지.

저 밥맛인 얼굴을 시뻘건 색으로 물들이고 말겠어.

그래서 이번에는 이 남자에게 『누나』란 말을 듣고 말 거야!

푸념을 늘어놓으면서도 부엌에서 함께 카레를 만든 후, 저녁 식사를 마쳤다.

내 칼솜씨를 본 미즈토가 「잠깐만, 보는 내가 다 섬뜩하거든?! 손가락을 이렇게, 이렇게 하는 거야!」 하며 허락도 받지 않고 내 손을 만진다는 사고가 발생하긴 했지만, 별다른 문제는 없었다. 서로의 부모님이 없어서 사이좋은 남매인 척할 필요가 없었기에, 오히려 편했다고도 할 수 있었다.

"목욕물 받아놨는데, 어쩔래?"

"내가 먼저 씻을 거야."

"그런 소릴 할 줄 알았어."

"네가 몸을 담근 물에 들어가고 싶지 않거든."

"네가 몸을 담근 물에 내가 들어가는 건 괜찮은 거냐?"

"……역시 나중에 씻을래!"

어른들이 있을 때는 신경 쓰지 않았지만, 잘 생각해보니 나는 이 남자와 같은 욕실에서 몸을 씻었다.

그건…… 그건, 뭐랄까…… 그건……!

……진정하자.

마침 잘 됐다. 미즈토가 씻는 사이, 정신을 가다듬어두자. 곧 시작될, 역습을 위해서…….

"다 씻었어."

밀실 살인 게임(내가 고안한 놀이. 미즈토가 밀실 안에서 살해당했다고 가정하고, 그것을 성립시킬 트릭을 전부 생각해본다)을 하며 정신을 통일하고 있을 때, 욕실에 들어간 지 10분도 채 안 된 미즈토가 머리카락이 젖은 채로 나왔다.

"윽……."

"응?"

……머리카락을 적시면 누구나 다 멋져 보이는 법이다. 즉, 이것은 극히 일반적인 현상이다. 특별한 의미는 없다. 특별한 의미는 없다.

"……너, 벌써 다 씻은 거야? 제대로 씻긴 했어? 되게 더럽네."

"대답을 듣지도 않고 결론 내리지 마. 씻었어. 목욕 시간이 아까워서 서둘러 씻었을 뿐이야."

되게 조급하네……. 그런 면이 딱 질색이었어. 만난 지 얼마 안 된 시절에는 내 페이스에 맞춰줬잖아.

아무튼, 때가 됐다.

나는 머릿속에 존재하는 밀실과 미즈토의 시체를 정리한 후, 몸을 일으켰다.

"그럼 씻으러 갈게. ……훔쳐보면 죽여버릴 거야."

"살해당하기 전에 죽을 텐데? 눈이 썩어버려서 말이지."

……그딴 소리를 늘어놓을 수 있는 것도 지금 뿐일걸?

나는 문 쪽을 힐끔힐끔 쳐다보며 탈의실에서 옷을 벗은 후, 목욕을 시작했다.

어른들이 있을 때는 딱히 신경 쓰지 않았지만…… 나, 저 남자가 있는 집에서, 알몸이 되는 거구나……. 만약, 지금 이 순간, 저 남자가 욕실에 난입해도, 도와줄 사람이 없어…….

"……………………."

……저 콩나물 같은 남자가 그런 짓을 할 리 없다고 생각하지만, 만약 그런 일이 벌어지면 저 자식의 몸 곳곳을 물어뜯어 버려야지.

몸이 따뜻해지자, 나는 욕조에서 나왔다. 그리고 목욕수건을 몸에 두른 후, 드라이기로 머리카락을 말렸다.

……이제부터다.

목욕수건의 매듭을 꼭 동여맸다.

—나는, 탈의실에, 갈아입을 옷을 가지고 오지 않았다.

일부러 퇴로를 차단한 것이다—. 배수의 진으로, 그 남자의 얼음장 같은 얼굴을 무너뜨리기로 작정했다.

그렇다. 갈아입을 옷을 가져오지 않았으니, 나는 목욕수건만 걸친 채로 그 남자 앞에 설 수밖에 없다!

"…………윽."

거울에 비친 내 몸은, 저 남자와 화목했던 시절에 비해 꽤 여성적으로 성장했다. 특히 가슴은 1년 사이에 몰라볼 만큼— 엄마와 클래스메이트가 부러워할 정도다.

훤히 드러난 가슴 윗부분은 목욕 직후라 약간 상기되어 있었다. 그것은 내가 보기에도 요염하기 그지없는 광경이었으며— 이, 이 모습을 저 남자에게 보여주려는 거구나…….

속옷은 준비할 걸 그랬다는 후회가 고개를 치켜들었다. 하지만, 이 정도는 해야 저 벽창호에게 먹힐 것이다.

"……좋아."

나는 각오를 다진 후, 탈의실을 나섰다.

그리고 맨발로 거실에 향했다.

"다…… 다 씻었어."

"어— 푸우우웁?!"

내 모습을 본 순간, 미즈토는 마시던 차를 뿜으며 기침을 했다.

예상 이상의 반응!

나는 고개를 돌려서, 히죽거리는 표정을 숨겼다.

"바…… 어, 어어, 뭐 하는, 거야?"

"여기는 내 집이니까, 딱히 이상할 건 없잖아?"

겨우겨우 태연한 어조로 대꾸한 나는 L자 모양의 소파에 앉은 미즈토의 대각선 앞자리에 걸터앉았다.

미즈토는 고개를 돌린 채, 나를 힐끔힐끔 쳐다보았다.

"아니, 하지만…… 나도, 있는데……."

"남매가 있는 게, 뭐 어때서? ……혹시……."

나는 미소를 머금으며, 당황한 미즈토를 힐끔 쳐다보았다.

"—미즈토는, 의붓남매를 엉큼한 눈으로 쳐다보는, 나쁜 애인 거야?"

"크……!"

아하하하하하하하하!!

얼굴을 붉혔어! 붉혔다고!! 꼴좋다!!

미즈토는 나를 보지 않기 위해 고개를 돌렸지만, 그래도 시선이 계속 느껴졌다. 목욕수건에 가려지지 않은 가슴과 허벅지를 힐끔힐끔 쳐다보고 있다.

흐흥, 자극이 너무 강했던 걸까? 하긴, 미즈토는 내가 꼬맹이였던 시절만 아니까 말이야! 아아, 불쌍해라. 유아 체형인 여자하고만 사귀어 봤으니, 나 같은 육감적인 여성에게 익숙하지 않은 거네! 누가 유아 체형이라는 거야.

어디, 다리를 꼬아줄까.

"…………윽!!"

아, 봤네. 완전히 쳐다봤어. 알기 쉽다니깐~.

항상 쿨한 척하는 이 남자가 이렇게 평정심을 잃다니— 후후후! 정말 즐거워.

나는 텔레비전의 리모컨을 향해 손을 뻗는 척하면서, 가슴을 과감하게 보여줬다.

"으~~~!!"

아~ 보네, 봐. 뚫~어~져~라~ 쳐다보고 있어.

나는 표정 관리에 꽤 신경써야만 했다. 오늘만이 아니라, 1년 전의 설욕도 한 것 같은 기분이다. 그때는 나를 전혀 의식하지 않던 이 남자가 지금은 이렇게 나한테서 눈을 떼지 못한다.

이것이 여자의 자존심이란 걸까? 가슴 속의 무언가가 충족된 느낌이 들었다.

하지만…….

저기, 슬슬…… 부끄럽기 시작했다.

예상보다 더 쳐다보는 데다…… 목욕수건이 금방이라도 흘러내릴 것만 같고, 꼬고 있는 다리에서 조금이라도 힘을 뺐다간, 보여선 안 될 곳이 보일 것만 같다.

……그런데, 내가 대체 뭘 하는 거지?

아무리 생각해도, 내가 지금 하는 건 유혹 이외의 그 무엇

도 아닌 것 같은데……?

만약 이 상황에서 이 남자가 확 덮치더라도, 나는 불평을 할 권리가 없지 않을까?

"………………………."

그 순간, 나는 찬물을 뒤집어쓴 것처럼 냉정해졌다.

목욕수건을 올려서 가슴을 가리려 했지만, 그랬다간 하반신의 방어력이 저하된다. 함부로 움직였다간 돌이킬 수 없는 사태가 벌어질 것 같았기에, 나는 굳어버릴 수밖에 없었다.

……너, 너무 우쭐댔어…….

왜 나는 우쭐했다 하면 이렇게 사고를 치는 걸까…….

"…………하아아아……."

미즈토는 땅이 꺼지도록 한숨을 내쉬더니, 갑자기 자리에서 일어나서 내 쪽으로 걸어왔다.

어, 어, 어? 서…… 설마, 진짜로……?

목욕수건을 꼭 움켜쥔 채 온몸이 돌처럼 굳어버린 내 앞에서, 미즈토는 걸치고 있던 상의를 벗었다.

심장이 뛰었다. 어, 거짓말. 진짜로? 아, 잠깐, 그, 그런 짓까지 할 생각은—!

무심코 눈을 감은 내 어깨에서…….

—천의 부드러운 감촉이 느껴졌다.

……어머?

"어차피 나를 놀릴 생각으로 이런 일을 벌인 거겠지만……

후회할 거란 생각도 못 한 거냐? 이 바보야."

머뭇거리며 눈을 떠보니…… 미즈토가 입고 있던 상의가 내 어깨에 걸쳐져 있었다.

그리고 미즈토는 어이없다는 표정으로 나를 내려다보고 있었다…….

"평소에는 얌전하면서, 너는 때때로 이런 당치도 않은 짓을 벌인다니깐……. 그 버릇 좀 고쳐. 앞으로는 내가 감싸줄 수 없다고."

퉁명하고, 깔보는 듯한 울림마저 어린, 그 말은…….

왠지 중학생 시절에 수도 없이 자신을 구원해줬던 그 말과 똑같은 울림을 내포하고 있는 것 같았다.

나는 그의 온기가 어린 상의의 앞섶을 모아서 가슴을 가렸다.

방금 그 말과 지금 느끼는 온기가…… 어째선지 내 의식을 1년 전으로 되돌려놨다.

"1년 전……."

"응?"

"내가 전에, 이 집에 왔을 때 말이야. ……왜, 아무 짓도 안 한 거야?"

우리 사이가 이상해진 것은 그 직후— 중학교 3학년이 되어서부터다.

그러니 어쩌면 그날, 내가 이상한 짓을 한 바람에 그가 나를 경멸하게 된 걸지도 모른다는 생각을 한 적도 있었다.

결국 그것은 내 착각이었으며, 이유는 전혀 다른 것이었지만—.

"너…… 이제 와서 그걸 묻는 거야?!"

어.

미즈토는 뜻밖의 표정을 지었다.

부끄러운 과거가 들춰진 듯한, 씁쓸함과 수치심으로 범벅이 된—.

"흥. 비웃고 싶으면 얼마든지 비웃어!"

미즈토는 자포자기한 듯한 어조로 말했다.

"만반의 준비를 마치고 여친을 집으로 불렀는데, 너무 긴장해서 아무것도 못한 이 얼간이를 말이야!"

약 5초 동안…….

내 사고회로는 정지했다.

"——뭐어어어어어어어어어어어어엇?!"

그리고 다시 작동된 순간, 나는 벌떡 일어서며 절규를 토했다.

"주, 준비?! 긴장?! 뭐, 뭐…… 그게, 무슨 소리야?! 나, 나는 그날, 마음을 단단히 먹고 있었는데 아무 일도 안 일어나서, 나만 그럴 작정인 줄 알았는데……!!"

"뭐? 아, 아니, 그게, 네가 엄청나게 얼어붙어서 무지 경계하니까, 나도 점점 주눅이 들어서……."

"그, 때, 는! 긴, 장, 했던 거야!!"

"뭐어어어어어어어어어엇?!"

미즈토도 눈을 치켜뜨며 절규했다.

"거짓말! 그때, 나와 할 생각이 차고 넘쳤던 거야?!"

"차고 넘쳤거든?! 그 방을 내 평생의 추억으로 삼을 생각이었어! 진심으로!!!!"

"지, 진짜야……? 그럼, 방에 틀어박혀 후회에 빠져 지낸 그 나날들은 대체……."

"너야말로! 그렇게 매력이 없나 싶어 고민하며 보낸 시간을 돌려줘!"

"내가 알 바 아냐~!! 네가 하도 얼어붙어 있어서 아무 짓도 못 한 거라고!"

"잘못한 건 너잖아!! 이 얼간이!!"

"뭐어?!"

"이게!!"

그 후, 우리는 필설로 형용할 수 없는 비방 대회가 펼쳐졌다.

서로의 험담을 마구 해댄 끝에 드잡이질까지 시작한 우리는 소파 위에서 난리를 피웠다.

이윽고 체력과 험담이 바닥난 우리는 어깨를 들썩일 만큼 거친 숨을 내쉬면서 서로를 노려보기만 했다.

"……하아…… 하아……."

"하아…… 으응…… 하아……."

미즈토가 나를 덮치는 듯한 자세로, 우리의 숨결이 맞닿았다.

정말…… 마음에 안 들어.

책 취향도 맞는 것 같으면서 안 맞고, 매사에 엇갈리기만 하는 데다, 결국 남매가 되어버리다니…….

"……으흑……."

점점 눈물이 샘솟기 시작했다.

왜 이렇게까지 잘 풀리지 않는 걸까.

그날, 만약 내가 긴장하지 않았다면, 혹시, 지금도—.

"……다투면서 질질 짜는 건 반칙이잖아."

"시끄러워……! 나도 알아……!"

배어 나온 눈물을 팔로 닦았다.

이 남자에게 의지하기만 하던, 1년 전의 약해빠진 나는 이미 이 세상에 없다.

그것이 단절의 계기가 되었더라도, 그 덕분에 성장했으니 후회 같은 건 없다.

그러니, 나는 잘못이 없다.

이 남자가 나빠! 전부! 전부!

"……저기, **아야이.**"

심장이 두근거렸다.

아야이.

그것은, 내 옛 성이자— 중학생 시절, 그가 나를 부를 때 쓰던 호칭이다.

나는 허벅지를 모았다. 어깨에 걸치고 있던 상의는 다투던 도중에 흘러내렸다. 즉, 나는 알몸 위에 목욕수건 한 장만 걸친 상태다. 그 목욕수건도 흐트러지면서, 금방이라도 흘러내릴 것만 같았다.

소파에 누운 내 몸 위에 올라탄 **이리도**의 새하얀 손이 나를 향해 뻗어왔다. 남자치고는 가늘고 부드러운 손가락이 내 이마에 붙은 앞 머리카락을 옆으로 쓸어넘겼다.

그것은— 우리가 뭔가를 하기 전에 하던 행동이다.

자신감이 없어서, 남들이 내 얼굴을 보는 게 두려워서, 앞머리카락을 길게 기르던 당시의 내 얼굴이, 잘 보이도록…….

그는 항상 **그것**을 하기 전에 꼭, 내 앞 머리카락을 옆으로 쓸어넘겼다.

훤히 드러난 내 눈동자를, 이리도가 들여다봤다. 가슴 속, 아니, 뱃속 깊은 곳까지 꿰뚫어 보는 것 같았기에, 나는 오른손으로 얼굴을 가리려 했다.

이리도는 그런 내 손목을 상냥히 움켜잡더니 옆으로 치웠다.

그 올곧은 시선은 나를 절대 놓치지 않겠다고 말하는 것 같았다. 그러니 내가 할 수 있는 건, 입으로— 입술로, 변명을 늘어놓는 것뿐이다.

"아…… 안 돼…… 룰……."

이건, 완전히, 아웃이다.

의붓남매는, 절대, 이런 짓을, 안 한다.

……하지만, 내 목소리가, 이렇게 가냘픈 건—.

이 정도로는 멈출 수 없다는 걸…… 경험을 통해, 아니까…….

이리도의, 낮은 목소리가, 내 가슴 속에 울려 퍼졌다.

"—오늘은, 내가 진 걸로 해."

시선이 마주쳤다.

얼굴이 붉은 건, 다투면서 체력을 소모했기 때문— 이, 아니다.

이리도의 눈동자에, 의식이 빨려 들어갔다.

그 온기를, 숨결을, 고동을, 전부 온몸으로 느끼고 있었다.

어느새, 나는 눈을 감았다.

그리고 조용한 숨결이, 입술에 닿는 것을 느꼈다.

……아.

키스를 하는 건, 참 오래간만—.

"다녀왔어~!"

현관에서 목소리가 들려온 순간, 우리는 화들짝~! 놀라며 온몸을 부르르 떨었다.

"미즈토~! 유메 양~?! 거실에 있는 거니~?!"

어, 엄마……?! 어른들이 벌써 돌아온 거야?!

"윽……! 시간이 어느새 이렇게 됐네?!"

미즈토는 허둥지둥 나한테서 떨어지더니, 시계를 확인했다.

우와……! 어느새 시간이 이렇게 지났네. 대체 얼마나 오랫동안 싸운 거야…….

"이봐! 빨리 옷 입어! 이 상황은 위험해!"

거의 알몸인 나, 그리고 옷차림이 흐트러진 미즈토가 소파 위에서 뒤엉켜 있다. ―그것이 지금 상황이다.

확실히 어른들 앞에서는 사이좋은 남매를 연기하고 있지만, 매사에는 한도가 있다. 이렇게까지 사이가 좋은 것으로 여겨지는 건, 여러모로 문제가 된다!

"하, 하지만, 입을 옷이……."

"아, 그래. 옷을 가지러 나왔다가……. 아아, 젠장! 그럼 숨어! 으음, 으음― 그래, 여기야!"

"우꺄아앗!"

미즈토는 나를 바닥으로 굴러 떨어뜨리더니, 소파의 앉는 부분을 열었다. 안쪽에 수납공간이 있는 것 같았다.

"자, 들어가! 서둘러!"

"자, 잠깐만! 알아서 들어갈 테니까 밀지 좀……! 아얏?!

방금 걷어찼어! 걷어찬 거 맞지?!"
"입 다물고 있어! 알았지?!"
미즈토는 소파 안의 수납공간에 나를 밀어 넣은 후, 닫았다.
시야가 갑자기 어두컴컴해졌다.
『—어? 미즈토 뿐이구나.』
『유메의 목소리도 들린 것 같은데…….』
『어서 와. 아버지. 유니 씨. 유메라면 아까 먼저 자러 갔는데…….』
어른들과 미즈토의 대화를 들으며, 나는 아까 일을 떠올리고 말았다.
아까…… 만약, 어른들이 돌아오지 않았다면…….
나…… 무슨 짓을 했을까……?
"……으으으으으……!"
이상해. 이상하단 말이야!
이미 헤어졌다. 싫어하게 됐다. 그는 사사건건 내 신경을 거슬리게 하는 의붓동생이며, 남친이 아니다! 그런데, 그런데……!
미친 듯이 뛰고 있는 심장을 움켜쥐었다.
왜 이렇게 생각대로 되지 않는 걸까.
겨우 제대로 마침표를 찍었는데— 겨우 편해졌는데…….
남매가 되고, 유혹이나 다른 짓을 했을 뿐만 아니라, 이제 와서 서로의 속내를 알다니……!
"……하아, 정말……!!"

그런 면이, 딱 질색이었어!!

◆

다음날, 나는 승자의 권한을 구사했다.

"자기가 진 걸로 하겠다고 미즈토가 말했었지?"

"……뭐, 그런 말을 하긴 했어. 하지만 그건 너 때문에 한 말이라고나 할까—."

"그럼 동생에게 이 누나가 명령을 내리겠어. 이 방에서 나가."

미즈토를 그의 방에서 쫓아낸 후, 나는 방을 뒤졌다.

어제, 미즈토는 『1년 전, 나를 집으로 부르면서 만반의 준비를 마쳤다』고 증언했다. ……그렇다면, 그게 있을 것이다. 찾지 못한다면 어쩔 수 없지만, 만약 찾는다면 처분해야 한다.

나는 침대 아래와 책장 뒤편까지 뒤질 생각이었지만, 처음으로 살핀 책상 서랍에서 표적을 발견해서 맥빠졌다. …… 괜히 신경 써서 숨기지 않는 점이 그 남자답지만 말이다.

나는 발견한 그 물건을 들고, 미즈토의 방을 나섰다.

그리고 복도에서 기다리고 있던 미즈토가 죽은 채 방치되어 썩어가는 생선 같은 눈으로 나를 쳐다보았다.

"너, 대체 뭘 찾은 거야?"

"『누나』는?"

"……누나."

"의붓남매에게 필요 없는 거야."

1다스 12개입이라고 적힌 조그마한 상자를 등 뒤로 숨긴 나는 시치미를 떼며 그렇게 말했다. 열두 개나 준비하다니, 보기보다 성욕이 넘친다고나 할까, 어~ 으음…… 어쩌다 보니 열두 개 든 걸 준비한 거지? 한 번에 이걸 다 써야만 한다는 룰 같은 건 없는 거 맞지?

나는 그 상자를 숨기며 미즈토의 옆을 지나친 후, 1층으로 이어지는 계단으로 향했다.

"이봐, 누나."

등 뒤에서 퉁명한 목소리가 들려오자, 나는 고개만 돌렸다.

"무슨 일이야? 내 동생, 미즈토."

"의붓남매끼리는 말이지—."

미즈토는 거기까지 말한 후, 얼버무리듯 시선을 피했다.

"—아, 아무것도 아냐."

나는 코웃음을 친 후, 계단을 내려갔다.

현관 밖에 있는 쓰레기봉투로 향한 후, 들고 있던 상자를 안에 넣은 후에 단단히 묶었다.

이제 쓰레기 버리는 날에 내놓기만 하면 끝이다. 이것으로 남매 사이에서 부적절한 실수가 발생할 가능성은 사라졌다.

한숨을 내쉬며 현관문을 쳐다본 나는…… 2층을 올려다보았다.

그리고 들리지 않으리라는 것을 알면서도, 나는 대답했다.

"……나도, 그 정도는 알아."

하지만, 그딴 잡학은 아무짝에도 쓸모없다. 안 그래? 알고 있어봤자 쓸모없다. 기억해봤자 부질없다. ……거론할 의미 따위는 눈곱만큼도 없다.

그래서, 그는 입에 담지 않았다.

그러니, 나도 입에 담을 필요 없다.

의붓남매는 결혼할 수 있다. —그런, 아무래도 상관없는 잡학 같은 건 말이다.

전 연인은 입학한다
"외로웠어?"

이제 와서는 젊은 날의 치기라고 말할 수밖에 없겠지만, 중학교 2학년 때부터 중학교 3학년 때까지 나에게는 소위 여친이라 부르는 존재가 있었다.

사람에게 누구나 역사가 있다는 말이 있듯, 지금은 이렇게 쿨하게 과거를 이야기하는 하드보일드한 나에게도 매사에 우왕좌왕하던 풋풋한 시절이 있다.

예를 들어, 중학교 2학년 2학기 첫날의 일이다.

그날, 나는 요즘은 거의 볼 수 없을 만큼 잠에 취한 눈으로 침대에서 일어났다. 수면 부족의 이유는 지금의 나에게 있어서는 통한 그 자체이자 당시 나에게 있어서도 수치의 극치다. 그래도 굳이 설명하자면, 그 이유는 전날에 발생한 일 탓이다.

아야이 유메에게 고백을 받은 것이다.

그녀가 건네준 러브레터를 그 자리에서 읽어본 후, 나는 그 자리에서 답했다. —답하고 말았다, 는 표현이 적절할지도 모른다. 아무튼, 나는 그 전날에 커플이 된 것이다.

인생 첫 여친이다.

다소 들뜨는 것도, 텐션이 상승하는 것도, 별 의미 없이 침대 위에서 버둥거리다 보니 해가 뜨는 것도, 자연스러운 일이라 할 수 있으리라. —결코 현실이 더 꿈만 같아서 진짜 꿈을 꿀 마음이 들지 않았던 것은 결코 아니다. 어디까지나 생리적 및 자연적 현상에 귀중한 수면시간을 빼앗기고 만 것이다. 아야이, 용서 못 해.

아무튼, 여친이 생기고 맞이한 첫 아침이었다.

그리고, 평생 한 번뿐인 중학교 2학년 2학기의, 단 한 번뿐인 첫날 아침이기도 했다.

나는 서둘러 준비를 마치고 집을 나섰다.

개학식에 지각하는 것을 피하기 위해서가 아니다. 약속이 있기 때문이다.

훗날 첫 키스를 하는 장소이기도 한 통학로 갈림길에서, 양 갈래 머리를 한 아담한 체구의 여자애가 자기 가방을 무릎 앞에 든 채 기다리고 있었다.

아야이 유메.

내 여친이다.

—미, 미안해! 늦잠을 잤어……!

—괘, 괜찮아……. 아직, 안 늦었거든…….

당시의 아야이는 말주변이 좋지 않아서, 나와 이야기를 나눌 때도 더듬거렸다. 이런 애가 대체 툭하면 험담만 늘어놓는 짜증 나는 말투로 변하다니, 정말 열 받는 일이지만 일단 제쳐두겠다.

아야이는 내 얼굴을 힐끔 쳐다보더니, 입가에 옅은 미소를 머금었다.

—혹시…… 어제, 못 잔, 거야?

—아, 응……. 그, 그래…….

—그랬…… 구나…….

아야이는 긴 앞 머리카락을 손가락으로 만지작거리면서 고개를 돌리더니, 볼을 살짝 붉히면서 바람에 흩어져 버릴 듯한 작은 목소리로 속삭였다.

—나, 나도…… 어제, 한숨도, 못 잤어…….

당시의 나는 어리석기 그지없었기에, 그 대답을 듣고 완전히 맛이 가버리고 말았다. 심장이 미친 듯이 뛰었다. 혀는 아야이의 다섯 배나 돌아가지 않게 됐으며, 윤활유를 치지 않은 로봇 같은 상태가 됐다.

우리는 제대로 이어지지도 않는 대화를 나누며, 통학로를 걸었다. 우리 사이의 거리는 반걸음 정도였다. 걸을 때마다 흔들리는 손등이 닿을락 말락 하는 거리였다.

연인이 됐으니, 손을 잡아도 되지 않을까.

아직 하루밖에 안 됐으니, 좀 이를까.

그런 생각을 하고 있었지만, 하루 전만 해도 손가락 끝이 닿은 것조차 소중하게 기억하는 바보 멍청이 동정남한테 손을 잡는 건 베리 하드하기 그지없었다.

정신을 차리고 보니, 학교에서 약 50미터 떨어진 곳까지 오고 말았다.

등교 중인 다른 학생이 드문드문 보이기 시작하면서, 아아, 벌써 끝났나, 하고— 하하하, 네 인생 따윈 확 끝나버리는 게 낫다고— 아쉬워하고 있을 때, 아야이가 갑자기 우물쭈물하기 시작했다.

—아…… 저기…… 이쯤에서…….

—어?

—교실에, 같이 들어가는 건…… 부, 부끄러우니까…….

기어 들어가는 목소리로 그렇게 말하는 아야이가 귀엽다고 생각한 순간, 내 운은 다했다. —그리고 이 순간, 나와 아야이의 관계는 우리 이외의 누구에게도 밝힐 수 없는 것이 됐다.

만약 이때, 나란히 교실 입장을 당당히 달성해서 우리가 사귀게 됐다는 것을 화끈하게 어필했다면 나도 괜한 독점욕에 휩쓸리지 않았을 것이고, 아야이도 이상한 트집을 잡지 않았을지도 모른다. —더 나아가, 우리가 헤어지는 일 또한 없었을지도 모른다.

하지만 이미 전부 지나간 일이다.

우리는 요시야마 카즈코도, 나츠키 스바루[#2]도 아니다. 그

#2 요시야마 카즈코, 나츠키 스바루 각각 소설 『시간을 달리는 소녀』와 『Re: 제로부터 시작하는 이세계 생활』의 주인공. 두 작품 모두 시간을 되돌려서, 과거에 일어난 사건을 개변하는 소재를 다룬다.

러니 만약의 경우를 생각해봤자 망상에 빠져 노는 것이나 다름없다. —하지만, 그렇다. 그러니 이것은, 망상 삼아 말해보는 거지만…….

혹시.

그날, 나와 아야이가, 교실에 나란히 들어갔다면?

……설마 그 if를 실행에 옮기는 날이 찾아올 거라고는 하드보일드한 나도 예상조차 하지 못했다.

◆

내 인생에서 가장 빌어먹을 기간이 된 고등학교 입학 직전의 봄 방학이 드디어 끝을 맞이했다.

그 사실 자체는 진심으로 축하하고 싶다. 하지만 내 앞에는 새로운, 그리고 거대한 문제가 존재했다.

"…………."

"…………."

세면장에서 나온 내 의붓동생, 이리도 유메와 나는 마주치자마자 서로를 아무 말 없이 노려보았다.

미간을 찌푸리며 노려보고 있는 건, 바로 서로가 입고 있는 교복이다.

감색을 베이스로 한 블레이저. 성실한 인상을 자아내는 차분한 디자인. 붉은색 넥타이와 리본은 올해 1학년인 학생이란 증표다.

나와 유메는 같은 고등학교의 교복을 입고 있었다.

이것은 나와 이 여자가 남매가 되고 말았다는 사실의 뒤를 잇는, 신이 설치한 비극적인 함정과 연관되어 있다.

작년, 고등학교 수험이 본격적으로 시작된 가을 즈음—나와 유메의 사이는 완전히 삐걱거리고 있었다.

그래서 지망 고등학교에 관한 이야기 같은 건 전혀 나누지 않았다. 오히려 나는 그녀와 같은 고등학교에 가는 것을 피하고자, 우리가 다닌 중학교에서 아무도 진학하지 않는 사립 진학고를 제1지망으로 삼았다.

편부가정인 나에게는 학비 문제가 있지만, 그 점은 특기생 입시를 통과하면 클리어할 수 있다. 이 여자도 모자가정이라고 들었으니, 만약 이 고등학교에 들어간다면 고등학교에서 마주칠 일이 절대 없을 거라고 생각한 나는 수험 공부에 열중했다.

그리고, 특기생으로 합격하는 데 성공한 것이다.

유메와 함께 말이다.

……그렇다.

이 여자도, 나와 같은 생각을 했다.

나와 같은 고등학교에 가고 싶지 않은 마음에, 내가 절대

가지 않을 고등학교를 지망 고등학교로 정하고 수험 공부에 매진한 것이다.

그 결과, 얼마 안 되는 특기생 합격자로 같은 중학교에서 두 명이나 뽑힌다는 쾌거가 달성됐다.

함께 교무실에 불려가서 『너희는 우리 학교의 자랑이다!』 하며 칭찬을 들은 우리의 절망을 과연 이해할 수 있을까—. 솔직히 말해, 떨어지는 것보다 더 충격이었다. 너무 충격이어서 그저 허탈한 웃음을 흘릴 수밖에 없었다.

이 세상에는 같은 학교에 진학하고 싶어 공부하는 커플이 얼마든지 있겠지만, 절대 같은 학교에 진학하기 싫어서 죽어라 공부한 커플은 아마 우리 뿐이리라. —게다가 그 결과, 결국 같은 고등학교에 다니게 됐으니 더욱 희귀할 것이다.

이 빌어먹을 신.

……아니, 정보 수집을 충분히 하지 않은 우리가 멍청했을 뿐이다.

그러니 우리에게 같은 교복을 입는다는 것은 증오스러운 일 그 자체다.

"……그 교복, 안 어울려."

유메는 어두운 눈빛으로 나를 쳐다보며 차가운 어조로 그렇게 말했다.

"……너야말로 안 어울리거든? 플리츠스커트가 특히 안 어울리네."

나는 칠흑 같은 눈빛으로 유메를 쳐다보며, 얼음장 같은 어조로 그렇게 말했다.

"교복 치마는 대부분 플리츠스커트거든?"

"아, 말을 잘못했네. 고등학생 자체가 너한테 안 어울려."

"어머, 그래? 그러는 너는 인간 자체가 안 어울리네."

"그럼 너는 지구가 안 어울리는걸."

"그럼 너는 태양계가 안 어울려!"

"그럼 너는 은하계가—!"

그 후, 우주, 3차원 같은 식으로 개념이 확대되어간 우리의 안 어울려 논쟁은 거실에 얼굴을 비춘 여성에 의해 중단됐다.

"어머~! 두 사람 다 잘 어울리네!"

내 의붓어머니인 유니 씨다.

평소보다 발랄해 보이는 유니 씨가 험악하기 그지없는 우리를 나란히 서게 하더니, 기쁘다는 듯이 동안인 얼굴을 끄덕였다.

"역시 진학고는 교복도 다르네~! 두 사람 다 정말 대단해! 그렇게 수준이 높은 고등학교에 합격했잖니! 역시 우리 자식이라니깐!"

……우리가 서로의 교복 차림을 헐뜯으면서도, 『다른 고등학교에 가』 하고 말하지 않은데는 이유가 있다.

우리의 부모님이 우리의 합격을 진심으로 기뻐해 줬기 때문이다.

나도, 유메도, 가정환경은 비슷했다. 그래서 서로가 그 점에 대해서는 터치하지 말자는 불문율이 생겨났다.

"맞아, 사진 찍자! 자, 두 사람 다 더 가까이 서봐!"

헛소리 말라고.

마음 같아서는 그렇게 외치고 싶지만, 기쁜 표정으로 스마트폰을 꺼내드는 유니 씨에게 의붓아들인 나 따위가 무슨 말을 할 수 있는 상황이 아니었다. 그리고 친딸인 유메도 마찬가지인 것 같았다.

나란히 선 우리가 거짓 미소를 짓자, 유니 씨가 사진을 찍었다.

내가 생각해도 거짓 미소를 참 잘 짓게 됐다. 인간은 무슨 일에도 다 익숙해지는 것 같다.

"—후훗. 이렇게 보니 왠지 커플 같은걸?"

그런 생각을 하고 있을 때, 느닷없이 허를 찔렸다. 심장이 쿵쾅거렸다.

……괜찮겠지? 표정 관리가 잘 안 된 거 아냐?

"무슨 소리를 하는 거야, 엄마. 우리는 만난 지 얼마 안 됐어."

유메는 태연한 어조로 그렇게 말하더니, 내 정강이를 걷어찼다. 얼굴에 드러난 걸까.

"하지만 유메는 나를 닮았고, 미즈토 군도 미네를 닮았잖아? 우리가 고등학생이라면 이런 느낌일까~ 싶어서 말이야."

"……자식을 가지고 그런 상상 하지 말아줄래? 그리고 나는 엄마를 안 닮았거든?"

"후후, 미안해."

미네란 내 아버지다. 본명, 이리도 미네아키.

"두 사람 다 먼저 차에 탈래? 우리도 준비를 마치면 바로 갈게."

유니 씨를 그렇게 말한 후, 거실로 향했다.

오늘은 입학식 날이다. 신입생인 우리뿐만 아니라, 보호자인 아버지와 유니 씨도 학교에 온다. —이것이 무엇을 의미할까?

"……하아."

"한숨 쉬지 마. 나도 나오려는 걸 참고 있단 말이야."

"이 상황에서 한숨을 어떻게 참으라는 거야? 그냥 같은 고등학교에 합격했을 뿐이라면, 남남인 척 할 수 있는데……."

고등학교에는 우리를 아는 사람이 없다.

그러니 생판 남인 척을 하는 것도 간단하다.

하지만, 우리는 남매가 되고 말았다. 같은 부모와, 같은 차를 타고, 같이 등교한다. 등교할 수밖에 없다.

이 조건 속에서 생판 남인 척을 하는 건, 난이도가 너무 높다.

“그럼 나중에 봐~.”

“미즈토~. 친구 많이 만들어라~.”

학교에 도착해서 교문 앞에서의 사진 촬영 같은 통과의례를 얼추 마친 후, 우리는 부모님과 일단 헤어졌다. 입학식 전에 교실에 가서, 클래스메이트와 담임 교사와 만나야 하기 때문이다.

반배정은 미리 통보를 받았다. 입시 성적을 기준으로 반이 나뉘는 것 같으며— 가정 사정 같은 건 전혀 고려되지 않는 건지, 우리는 당연한 듯이 같은 반(1학년 7반)이 됐다. 이 정도 일로는 한숨조차 나오지 않게 됐다.

부모님이 사라진 후, 유메는「으응~」하며 기지개를 켰다.

그리고…….

“망할 오타쿠.”

“망할 마니아.”

“콩나물.”

“꼬맹이.”

“이제 꼬맹이가 아니거든?!”

“내 마음속에서는 여전히 꼬맹이야.”

가슴 속에 담아뒀던 욕설을 전부 토해냈다. 이런 식으로라도 가스를 빼주지 않으면 파열하기에, 꼭 필요한 조치다.

건물 안에 들어간 우리는 1학년 7반 교실로 향했다.

“그런데, 어떻게 할래?”

"뭘?"

"이대로 함께 교실에 들어갈 생각이야?"

"어차피 성이 같으니까 주목받을 게 뻔해. 그냥 뻔뻔하게 굴자."

"……그렇게 부끄러워하던 녀석과 동일 인물이라는 게 믿기지 않는걸."

"무슨 말 했어?"

"별말 아냐."

확실히 괜히 신경 쓰면 역효과만 날지도 모른다.

우리는 7반을 발견한 후, 앞문으로 당당히 들어섰다.

시선이 우리에게 쏠렸다. 교실에는 이미 스무 명가량의 학생이 집결해 있었으며, 한창 친구 품평회를 벌이고 있는 것 같았다.

칠판에 붙어 있는 종이에 따르면, 내 자리는 창가 가장 앞자리였다.

나도 유메도 성이 『이리도』이기에 필연적으로 앞뒤 자리가 됐다. 일본어 표기 순서로 앞인 내가 앞자리이고, 뒤인 유메가 뒷자리였다. ……뒷자리에 유메가 앉는다는 사실에 불길한 예감을 받으면서도, 나는 일단 자리에 앉았다.

—텅!!

"윽!!"

누군가가 내 의자가 걷어찼다.

예상을 벗어나는 일이 없네!

뒤를 돌아보며 노려보니, 장본인은 시치미를 떼며 창밖을 쳐다보고 있었다. 이 여자…….

아마 자리 바꾸기는 한 달 후에나 할 것이다. 그동안, 나는 항상 이 여자에게 등 뒤를 드러낸 채 수업을 들어야만 한다. 너무 불리하다. 빨리 대책을 마련해야겠다…….

그런 우리를 클래스메이트들이 멀찍이서 쳐다보고 있었다.

"……저기, 내 의자를 걷어찰 때냐?"

"무슨 소리야?"

"필사적으로 친구를 만들어야 하잖아. 고교 데뷔를 할 거 아니었어?"

"누가 고교 데뷔를 한다는 거야."

중3 때는 아직 수수한 인상이 남아있었지만, 현재의 이 녀석은 그런 과거의 자취를 찾아볼 수 없다. 성장해서 겉모습과 내용물이 딴판이 된 것이다. 즉, 여름 방학 막바지에 나에게 러브레터를 건네줬던 아야이 유메와는 거의 딴 사람이나 다름없다.

그런 상황에서 나 말고는 자기를 아는 이가 없는 고등학교에 입학했다. 그게 고교 데뷔가 아니고 뭔데?

"걱정할 필요 없어, 미즈토."

유메는 나를 조롱하는 듯한 미소를 머금었다.

"나한테는 필살의 무기가 있거든."

"이리도 양은 어느 중학교를 다녔어?"

"인근의 공립 중학교야. 딱히 유명한 곳은 아냐."

"취미는 있어?!"

"굳이 꼽자면 독서야. 수수한 취미지?"

"입시에서 톱이었다며? 얼마나 열심히 공부한 거야?"

"그다지 안 했어— 라고 말하고 싶지만 말이야. 잘 때나 깨어있을 때나 공부만 해댄 바람에, 아직도 해방감에서 벗어나지 못하겠네."

내 뒤편에서 웃음소리가 들려왔다.

……이리도 유메, 입학 첫날에 반 계급제도의 정점에 서다.

입학식을 마치고 교실에 돌아와서, 간단한 종례가 끝난 직후의 일이다. 아까만 해도 거리를 두던 클래스메이트들이 설탕을 발견한 개미처럼 몰려들었다.

그렇다. 입학식. 유메가 말한 무기는 그때 발휘됐다.

이 여자— 신입생 대표였던 것이다.

그것은 수석 합격자의 증표다. 진학고인 이 고등학교에서, 그 사실은 강력한 스테이터스였다. 이리도 유메는 친구를 만들려고 혈안이 되어야 하는 하층민이 아니다.

하지만, 나한테 그런 건 아무래도 상관없다.

이익……!

왜 나보다 이 녀석이 더 성적이 좋은 거야! 이이익……!!

신입생 대표란 눈부신 직함 덕분에, 나와 유메가 성이 같다는 점에는 아무도 관심을 가지지 않는 것 같았다. 마침 잘 됐다. 나는 그 인파에 밀려나듯 자리에서 일어섰다.

입학식과 종례가 끝났으니, 이제 학교에는 볼일이 없다. 부모님에게 얼굴만 비춘 후, 집으로 돌아가야겠다.

딱히 이 여자와 같이 돌아가기 싫은 건 아니다. ―연인 사이도 아니니 말이다.

“…………”

유메가 나를 힐끔 쳐다본 듯한 느낌이 들었지만, 아마 기분 탓일 것이다.

흥.

친구가 잔뜩 생겨서 좋겠네.

방에 틀어박혀 책을 읽다 보니, 어느새 저녁때가 됐다.

목이 마르니 뭐라도 마실 생각으로 1층에 내려갔을 때, 마침 현관문이 열렸다.

“다녀왔어.”

유메였다. 혼자였다. 부모님들은 일찌감치 돌아왔다. 입학식이 끝나고 몇 시간이나 지났으니 말이다. 부모님의 말에 따르면, 유메는 클래스메이트의 친목회에 참가하게 됐다고 한다.

완벽한 고교 데뷔다. 체육 시간에 짝이 없어서 고민하던 녀석이라는 게 믿기지 않을 정도였다.

유메는 아무 말 없이 걸어오더니, 내 옆을 스쳐 지나가며 의기양양한 미소를 머금었다.

"쓸쓸했어?"

"……뭐?"

내가 눈썹을 찌푸리자, 이 여자는 신경 거슬리는 웃음을 흘렸다.

"미안해. 너만 신경 쓰던 시절의 나는 졸업해버렸어."

"……잘 됐네. 개의치 마. LINE 답장을 쓰느라 정신없는 나날을 보내라고."

"그렇게 할 거야."

유메는 천연덕스럽게 대답한 후, 계단을 올라갔다.

……쳇. 왜 이런 걸로 으스대는 거냐고.

내가 쓸쓸해 할 이유가 대체 어디 있냔 말이야.

그런 석연치 않은 심정을 느낀 다음날…….

"이리도! 너, 어느 중학교에 다녔어?"

"……아, 평범한 공립이야."

"취미는 있어? 게임 해?"

"게임은 별로……."

"입시는 어땠어? 이리도 양의 남매니까, 머리 좋지?"

"꽤 할만했다고 생각하는데……."

어째서야.

왜, 이번에는 내가 이렇게 주목을 받는 거냐고.

괴현상이었다. 아침에 평범하게 등교했더니, 갑자기 이런 사태가 벌어졌다. —게다가 나와 유메가 의붓남매라는 것도 알려져 있었다. 그 여자, 친목회에서 떠벌린 건가? 언젠가 알려질 거라고는 해도…….

이렇게 수많은 이들에게 둘러싸인 건, 아마 분만실에서 태어났을 때 이후로는 처음일 것이다. 게다가 지금 내 주위에 있는 남학생들의 숫자는 당시 산부인과 간호사와 의사들보다 많은 것 같았다.

쉴 새 없이 이어지는 질문 탓에 현기증이 날 것 같았다. 그 여자는 이런 고문 같은 일을 태연한 얼굴로 겪었던 건가. 훈련받은 스파이라도 되냐.

그렇게 내가 다 죽어가고 있을 때, 따로 등교한 유메가 교실에 들어왔다. 그리고 여자애들과 인사를 나누면서 사람들에게 둘러싸인 나를 쳐다본 순간, 그녀의 눈썹이 움찔거렸다.

그 후, 내 뒤편의 책상에 가방을 두며 자리에 앉더니…….

—터엉!

내 의자를 걷어찼다.

왜 이러는 거야.

엎친 데 덮친 격이란 이럴 때 쓰는 말일 것이다.

진학고라 그런지, 수업 첫날부터 인정사정없었다. 6교시까지 수업이 있었으며, 수업 내용 또한 단순한 오리엔테이션이 아니었다. 하지만, 고문 같은 질문 공세에 비하면 천국이나 다름없었다. 수업 최고.

점심시간이 되자마자, 나는 교실을 탈출했다. 아니, 도망쳤다.

수업이 시작되고 알게 된 거지만, 그 고문꾼 중 절반 이상이 다른 반이었다. 그러니 모여드는 데는 시간이 걸릴 것이다. 그 틈이 바로 기회다.

나는 화장실에 틀어박혀서, 열기가 잠잠해질 때까지 기다리기로 했다. 화장실은 깨끗한 서양식이라서 생각보다 쾌적했다. 사립은 끝내주네.

하아, 그건 그렇고 왜 이렇게 내 인기가 폭발한 걸까—. 인터넷 뉴스에 올라온 트윗도 아니고 말이다. 내가 주목받을 요소가 있긴 한 건가?

굳이 따지자면 이리도 유메와 의붓남매가 됐다는 점뿐인데—.

『너, 점심때도 갈 거야?』

『당연히 가야지. 반드시 가까워지고 말 거라고.』

화장실 개인칸 밖에서 목소리가 들려왔다.

화장실에서 수다 떠는 건 여자애들만의 습성이 아니었던 건가. 경악스러운 일이다.

『그 애~ 엄청 귀엽더라고. 게다가 입시에서 1등이라니, 완벽 초인 아냐?』

『동감이야. LINE에 돌던 사진을 보고 한눈에 반했다니깐.』

입시에서 1등? ……그 여자 말인가?

그 여자가 귀엽다니…… 안과에 가보는 게 좋지 않을까?

『그래서 의붓동생한테 들러붙은 거야? 직접적으로 노려보지 그래?』

『그랬다간 눈밖에 날걸? 하지만 동생을 경유하면 스무스할 거야.』

…………뭐?

『같은 생각을 하는 녀석이 잔뜩 있는 것 같던데 말이야.』

『그건 그렇고, 그 동생은 엄청 음침하더라고. 진짜 별로야.』

『네가 짜증 나게 굴어서 그런 거 아냐~?』

『야, 너무하잖아~. 푸하하하하—.』

……아하. 수수께끼가 풀렸다.

즉, 나는 음흉한 의도로 유메에게 다가가기 위한 발판인 건가.

오호라?

나는 화장실 개인칸을 나섰다.

"우왓?!"

"깜짝 놀랐네……."

놀라는 남자들을 무시하며, 나는 남자 화장실에서 나갔다.

"……어라? 방금 그 애는……."

"앗―."

복도에 나가자, 남학생 몇 명이 다가왔다.

들러붙었다, 라는 표현이 적절할지도 모른다.

계속 말을 걸어오는 그들에게 나는 사고회로를 전혀 가동하지 않으며 대충 대답했다.

―순수하게 우의를 다지기 위해 말을 걸어온다면, 나도 다소 진지하게 상대해주겠다.

하지만, 그렇지 않다면― 일부러 도망칠 가치조차 없다.

그날 밤― 저녁 식사를 마치고 내 식기를 설거지하고 있을 때, 뒤이어 식사를 마친 유메가 내 옆에 섰다.

한동안 첨벙첨벙하는 물소리만 들리더니― 유메가 불쑥 중얼거리듯 말했다.

"……분하지 않은 거야?"

"뭐가?"

내가 되묻자, 유메는 성가신 듯이 눈썹을 찌푸렸다.

"알고 있잖아."

"나한테 몰려든 녀석들 말이야?"

"그래."

역시 여자들은 정보 입수가 빠른걸.

"너…… 완전히 얕보였어."

"그런 것 같네."

"나한테 말을 걸 용기가 없으니, 언뜻 보면 얌전해 보이는 너를 이용하려고 하는 거야……. 그런데 뜻대로 안 되니 멋대로 떠들어대……. 나, 그런 건 마음에 안 들어."

"네 감상 같은 건 알 바 아냐. 그딴 녀석들과 어울리지 않으면 될 뿐이거든. 호박에 침주기, 죽은 고기 안문하기. 진학고 학생이라면 그 정도 속담 정도는 알지 않아?"

"하지만, 그랬다간 네가……!"

유메는 강한 어조로 무슨 말을 하려다 입을 다물었다.

식기를 씻던 손이, 어느새 멈췄다.

나도 설거지를 멈췄다.

수도꼭지에서 물이 계속 흘러나왔다.

"……내가 뭐?"

조용히 되물었다.

입을 다문 채 가만히 있던 유메는 다시 스펀지로 식기를 닦기 시작했다.

"…………아무것도 아냐."

다음날.

고등학생 3일차, 아침— 어제, 나와 유메는 따로 등교하기로 정했지만, 계약기간 하루 만에 그 약속은 깨졌다.

"미즈토, 오늘은 같이 등교하자."

소름 돋네.

나는 상냥한 목소리를 듣자마자 반사적으로 그렇게 생각했지만, 부모님도 있는 아침 식사 자리에서 그런 말을 들으니 거부할 수가 없었다.

"참 사이가 좋네~."

"하하하. 미즈토, 이 참에 여자애를 어떻게 다루면 되는지 익혀두거라."

유메 녀석은 빙그레 미소 짓고 있었다. 내가 거부하지 못하도록, 일부러 부모님 앞에서 그런 제안을 한 것이다.

무슨 속셈이지?

내가 의혹에 찬 시선을 보내자, 유메는 바늘 하나 파고들 틈 없는 미소로 답했다.

나는 투덜거리면서, 유메와 함께 집을 나섰다.

나는 통학로를 걸으면서도 경계심에 찬 눈길로 유메를 계속 노려봤지만, 당사자는 여전히 새침데기 같은 표정을 짓고 있었다. 대체 무슨 꿍꿍이인 걸까…….

나는 기분 나쁜 느낌을 받으면서, 교문에서 50미터 떨어진 지점에 도착했다. 주위에는 등교 중인 학생들로 북적였다.

……전에는 이쯤에서 따로따로 등교했었지.

무슨 속셈으로 같이 등교하자는 말을 한 건지 모르겠지만, 설마 사이좋게 교실까지 함께 갈 작정일 리가 없으니 이쯤에서—.

바로 그때, 내 사고회로가 정지됐다.

어째서냐고?

그건 내가 묻고 싶은 거야.

이 여자가 왜— 나와 팔짱을 낀 거야?!

“어? 자, 잠깐만……!”

“가만히 있어.”

유메는 속삭이듯 그렇게 말하더니, 나와 팔짱을 낀 채로 걸음을 옮겼다. 나는 그대로 끌려갈 수밖에 없었다.

시선이 느껴졌다. 당연했다. 한창 주목을 받는 신입생 대표가 아침부터 남자와 팔짱을 끼고 있으니 말이다!

이, 이 여자가 대체 무슨 생각인 거야! 사귀던 시절에도 이렇게 대놓고 보란 듯이 팔짱을 낀 적이 없다고!

무시무시하게도, 유메는 나와 팔짱을 낀 채 교문을 통과했다. 안에는 더 많은 학생이 있었기에 마치 바늘방석에 앉은 기분이 들었다. 남녀가 팔짱을 낀 채 등교했으니, 우리가 아니더라도 주목받을 게 당연하다고!

"어, 미즈토잖아~!", "오늘도 참 사이가 좋…… 어?"

어제와 마찬가지로, 유메를 노리는 남자들이 몰려들더니— 그대로 얼어붙고 말았다.

무리도 아니다.

자기들이 타깃으로 삼았던 여성께서, 발판에 불과한 나와 완전히 몸을 밀착시키고 있으니 말이다.

나와 팔짱을 낀 유메의 팔에, 힘이 들어갔다. 그 탓에 몸이 더욱 밀착됐고— 아아, 젠장! 팔뚝에! 젠장, 되게 부드럽네! 이 꼬맹이, 어느새 쓸데없이 육감적인 여자로 자란 거야?!

"저기, 미안한데 말이야."

유메는 한눈에 반해버려도 이상하지 않을 만큼 아름다운 미소를 머금었다. 그 미소를 본 남자들은 얼이 나가버렸다.

"보다시피, 지금은, 내가, 미즈토와 이야기를 나누고 있으니까— 방해하지 말아 줄래?"

남자들은 입을 쩍 벌리더니, 나와 유메를 번갈아 손가락으로 가리켰다.

"이리도, 양……?", "이, 이건…….", "두 사람은…… 남매, 맞지?!"

"응."

그 순간, 유메의 미소는 처절함의 극치에 이르렀다.

"—미안하지만, 나는 브라콤이야."

나는 그대로 얼어붙었다.

남자들은 그대로 셧다운 됐다.

그리고 주위의 구경꾼들은 흥분의 도가니에 빠졌다.

"이제 알았지? 그럼 이만 실례할게."

완전히 정지된 남자들의 숨통을 끊어버리려는 듯이 그런 말을 남긴 후, 유메는 나를 잡아당기며 걸음을 옮겼다.

내가 정신을 차린 건, 건물 안으로 들어선 유메가 팔짱을 풀고 난 후였다.

"너, 너…… 자기가 무슨 짓을 한 건지 알긴 해?!"

"흥. 이러면 저 녀석들이 너한테 들러붙지 않을 거잖아?"

"그야 그렇지만……!!"

표적인 네가 의붓남매인 나 말고는 관심이 없다고 선언했으니 말이야!!

"문제 될 건 없어. 친한 친구들에게는 자초지종을 설명할 거야."

"그런다고 될 문제야?! 이대로는 네 평판이……!"

"……일단, 너는 내 가족이잖아."

유메는 고개를 슬며시 돌리더니 말을 이었다.

"가족이 무시당하는 건 참을 수 없어. 그게 다야. 다른 뜻은 없어."

……이 녀석…….

하아, 젠장— 정말. 네가 그렇게 나오면, 나도 장난으로 치부하며 넘어갈 수가 없잖아.

나는 약간 머뭇거린 후— 가능한 한 솔직하게 내 마음을 말로 표현했다.

"—고마워. 덕분에 살았어."

내가 그렇게 말하자, 유메의 어깨가 부르르 떨렸다.

고맙다는 말을 들은 녀석이 보일 반응이 아니잖아.

"뭐야. 솔직하게 고맙다고 말했을 뿐이잖아."

"……신경 꺼!"

유메는 완전히 고개를 돌리더니, 먼저 교실로 향하려 했다. ……하지만 갑자기 나를 돌아보더니, 내 팔뚝 쪽을 뚫어지게 쳐다보았다.

"……아까……."

"응?"

"아까…… 팔뚝에…… 그러니까, 그 감촉은, 기억에서 말소해!"

"아하……."

나는 반사적으로, 아까까지 이 여자의 가슴이 닿아 있었던 팔뚝을 만졌다.

"으~~~~~?!"

그 순간, 유메는 경보등처럼 얼굴이 새빨개지더니 자기 가슴을 손으로 가렸다. 어? 뭐야?

"……이, 내숭 색골!"

유메는 어처구니없는 독설을 남긴 후, 그대로 사라졌다.

갑자기 왜 저러는 거야……. 나는 당황한 채, 별생각 없이 팔뚝을 주물렀다.

—아.

"간접 터치구나."

거기까지 생각을 못 했다.

◆

격동의 아침과 평온한 오전 수업이 끝나고 맞이한 점심시간에, 한 남자가 나에게 말을 걸었다.

"안녕. 이리도 미즈토. 점심이라도 같이 안 먹을래?"

설마 그 브라콤 선언을 듣고도 유메를 포기하지 않은 강자가 존재할 줄은 몰랐기에, 나는 지긋지긋한 표정으로 고개를 들었다.

경박한 인상의 남자였다. 엄격한 진학고에 도전이라도 하듯, 밝은색 머리카락에 파마를 했다. 키 또한 농구를 해도 될 만큼 컸다. 안면에 어린 의미심장한 옅은 미소가 조금 신경 쓰이지만, 너무 가볍거나 무겁지는 않으면서 살짝 가벼운 쪽에 기운 분위기를 두른 것이 이성에게 꽤 인기 있을 것 같았다.

……어제, 나한테 몰려왔던 남자 중에 이런 녀석이 있었나? 하지만 왠지 눈에 익은 것을 보면, 같은 반일지도 모른다.

뭐, 어찌 됐든 간에 내가 할 말에는 변함이 없다.

"……미안하지만, 나는 너한테 두 가지 대답을 들려줘야만 해."

"어디 한 번 들어볼까."

"하나. 점심은 이미 먹었어."

"그거 유감인걸."

"하나. ―너처럼 경박해 보이는 녀석이, 유메에게 다가가게 둘 생각은 없어."

내가 철저한 거부 의사를 표하자, 이 경박해 보이는 남자는 불쾌한 느낌의 미소를 머금었다.

……뭐야?

"그럼 그 답례로, 나도 너에게 좋은 이야기를 두 가지 들려주지."

"…………뭐?"

"하나. 나는 이리도 양과 가까워지기 위해 너한테 말을 건 게 아냐."

"…………윽?!"

"둘. ―당사자께서, 방금 대사를 들은 것 같거든?"

그 남자의 손가락이 옆을 가리켰다.

마침 점심을 먹고 돌아온 듯한 유메가 옆에 서 있었다.

…………으음.

나는 방금 자신이 한 말을 떠올려봤다.

—너처럼 경박해 보이는 녀석이, 유메에게 다가가게 둘 생각은 없어.

……………………무슨 남친이냐!!

유메의 얼굴이 평소보다 빨갛게 보이는 건 빛의 반사 때문이라고 생각하고 싶지만, 쉴 새 없이 흔들리는 눈길마저 못 본 것으로 할 수는 없었다.

유메는 예전처럼 허둥대더니, 무의미하게 손을 부들부들 떤 후, 로봇 같은 부자연스러운 움직임으로 내 뒤편에 앉았다. 그리고…….

—텅! 텅! 텅!

내 의자를 걷어찼다. 그것도 몇 번이나 말이다.

"푸하하하하하하하하하하핫!!"

이름 모를 경박해 보이는 남자가 폭소를 터뜨렸다. 그렇게 웃긴 거냐. 내가 가족한테 폭력을 당하는 게 말이다.

"이야, 하하하! 상상대로야. 내 코는 역시 정확하다니까!"

"뭐? 코?"

"아, 혼잣말이니까 신경 쓰지 마."

그 남자는 눈가의 눈물을 닦더니(작작 웃으라고), 나에게 손을 내밀었다.

"나는 카와나미 코구레. 너와 순수하게 친해지고 싶어서 찾아온 첫 남자야."

"……솔직히 말해, 엄청 수상하거든?"

"너무 그러지 말라고, 형제."

"너와 형제가 된 적 없어."

"응? 잘 알지도 못하는 타인과 형제 남매가 되는 게 특기 아니었어?"

"솔직히 자신 없는 부류에 속해."

"그렇구나. 그럼 친구로 만족하도록 할까. 잘 부탁해!"

카와나미 코구레라고 자기 이름을 밝힌 남자는 억지로 내 손을 움켜잡았다. ……아무래도, 꽤 성가신 녀석과 친구가 된 것 같았다.

"그럼 친구여."

"너, 되게 뻔뻔한 녀석이구나."

"친구가 된 기념으로, 너한테 재미있는 걸 한 가지 더 알려줄까 해서 말이지."

"재미있는 것?"

카와나미는 또 아까처럼 불쾌한 미소를 머금었다.

"지금 뒤를 돌아보면, 엄청 좋은 걸 볼 수 있을 거야."

뭐? 나는 그 말을 듣고 뒤를 돌아보았다.

"……………………."

그러자, 삐친 듯한 유메의 얼굴이 눈에 들어왔다.

희미하게 입술을 내민 채, 창밖을 쳐다보고 있었다.

……호오~?

내 우수한 두뇌는 순식간에 이 상황에서 해야 할 대사를 찾아냈다.

"쓸쓸했어? 브라콤."

텅, 하고 의자를 걷어차였다.

그것도 이제까지 중에서 가장 세게 말이다.

전 여친은 측정한다

"……땀 냄새가 나."

이제 와서는 젊은 날의 치기라고 말할 수밖에 없겠지만, 중학교 2학년 때부터 중학교 3학년 때까지 나에게는 소위 남친이라 부르는 존재가 있었다.

쿨하고 지적이며 상냥할 뿐만 아니라 멋진 추리소설 속 명탐정 같은 사람, 이라는 평가가 내 기억에 남아 있지만, 아마 그것은 서술 트릭일 것이다. 그 남자한테서 명탐정 같은 부분을 꼽자면 머리를 긁적이면 비듬이 튈 것 같다는 것뿐이며, 라이헨바흐 폭포에서 기적적으로 생환할 것 같은 이미지는 눈곱만큼도 없다.

그 녀석의 기가 차는 편을 폭로하는, 이런 에피소드도 있었다.

당시의 나— 즉, 천하제일의 외톨이 여자, 아야이 유메는 일주일에 몇 번씩 정기적으로 정신적 고문을 받고 있었다. 그것은 바로 체육 시간이었다.

「자, 두 명씩 짝을 지으렴~」이란 악마의 지령이 종말의 나팔처럼 울려 퍼지면 비참한 망자처럼 허둥대며 우왕좌왕했고, 결국 친구와 짝을 짓지 못해 남은 이와 같이 체육을

하게 되던, 바로 그 시간이다. 떠올리기만 해도 속이 부글부글 끓었다.

중학교 2학년 때, 나와 그 남자는 같은 반이었다. 하지만 체육은 남녀가 따로 할 때가 많아서, 사귀기 시작하기 전에는 그 남자가 체육 시간을 어떻게 보내는지 관심을 가진 적이 없었다. 수업 때나 쉬는 시간에는 전부터 관찰했지만—아, 방금 그건 못 들은 걸로 해줘.

……아, 아무튼, 사귀기 시작하고 처음으로 맞이한 체육 때, 나는 신경이 쓰였다.

그렇게 머리가 좋고, 상냥하며, 믿음직한(그렇게 속아 넘어갔다) 그의 운동신경은, 과연 어떨까, 하고 말이다.

뭐든 다 잘하는 그라면, 운동도 잘할 거라고 생각했다.

보고 싶다.

남친이 스포츠에서 활약하는 모습을, 보고 싶다.

그리고, 그날의 체육은 축구였다.

남학생이 두 팀으로 나뉘어서 청백전을 벌이고 있었다. 여학생은 원래 테니스를 하기로 되어 있었으나, 코트가 빌 때까지 기다린다는 빌미로 무리지어 남학생들의 축구를 관전하며 매니저라도 된 것처럼 성원을 보내는, 발정기 느낌 물씬 나는 짓거리를 했다.

뭐가 『하나, 둘…… 파이팅~!』이야. 뭘 파이팅하라는 건데? 겨우 체육 시간의 축구잖아. 남친도 아닌 남자들한테

아양이나 떨고 말이야. 시건방지네.

그중에서도 가장 시건방진 여자가 다름 아닌 나였다.

몰래 사귀는 남친을 몰래 응원하고 있으니, 그 시건방짐은 남들과 차원이 달랐다. 머릿속으로는 하얀 수건을 그에게 건네러 가는 망상마저 하고 있었으며, 땀범벅인 그에게 건물 뒤편에서 벽쿵을 당하는 부분까지 진도가 나가 있었다. 그런 청춘다운 청춘을 증오해 마지않던 예전의 나는 어디 가버린 걸까.

하지만.

유감스럽게도— 아니, 다행히도, 그 망상은 실현되지 않았다.

그 남자가. 내 남친이.

……단 한 순간도, 활약하지 않았던 것이다.

시합을 마친 그 남자의 얼굴에는 땀이 한 방울도 맺혀 있지 않았다. —당연했다. 그 남자는 코트 오른편 가장자리에서 꼼짝도 하지 않으며, 온몸으로 『다가오지 마 아우라』를 뿜어 수비를 한다고 하는, 축구계에 혁신을 가져올 플레이를 선보였으니 말이다.

아무 일도 없었다는 듯이 남학생들 사이에서 빠져나와서 운동장 옆의 나무 그늘에 앉은 그에게, 나는 뒤편에서 몰래 다가가 물었다.

—혹시, 이리도도 운동을 못 하는 거야?

그의 어깨가 흠칫했다. ……그리고 그가 나를 천천히 돌아보았다.

—……보고 있었어?

—……그럼 안 됐던 거야?

—…………굳이 따지자면 말이지.

고개를 돌린 그의 표정에서 수치심에 가까운 것을 발견한 나는 무심코 옅은 미소를 머금었다.

—그래……. 이리도도, 운동을 못 하는구나~.

—……왜 그렇게 기뻐하는 거야?

—글쎄. ……공통점이 있어서, 기쁜 걸지도 몰라.

실상은 제쳐두고, 당시의 나는 자기 남친을 『고고한 완벽초인』처럼 생각하고 있었다.

그것은 그 남자가 나에게 약점을 보여주려 하지 않았기 때문이리라. 아마, 남자의 자존심 때문에 말이다.

—이리도는 귀엽네.

그 점을 눈치챈 순간, 나는 그렇게 말했다.

그는 나에게 얼굴을 보여주지 않으려는 것처럼, 고개를 숙였다.

—개인적으로는 『귀엽다』보다 『멋지다』는 말을 듣고 싶었어…….

아무리 얼굴을 감춰도, 등 뒤에 있는 나에게는 보였다.

명백하게 평소보다 빨개진, 그의 예쁜 귀가 말이다.

냉혈하고 표정 변화가 적은 이 남자도, 보잘것없는 자존심 때문에 허세를 부리는 한 명의 남자에 지나지 않는다. 셜록 홈즈 같은 히어로가 아니며, 나와 마찬가지로 결점을 안고 있는, 그저, 평범한…… 나를 좋아해 주는 인간인 것이다.

그것이, 당시의 나는 왠지 기뻤다.

운동 부족인 말라깽이 남자가 취향이라니, 나란 여자는 성적 취향도 교정해야 한다는 생각이 들었다.

◆

"—으음…… 81센티미터? 와우~."

내 가슴에 두른 줄자의 눈금을 확인한 여성 양호 교사가 탄성을 터뜨렸다.

"오랫동안 여고생의 스리 사이즈를 쟀지만, 이렇게 부러워해 본 건 처음이야. 정말 아름다운 가슴이네. 숭배하고 싶을 지경인걸……."

"……저기, 이제 됐나요?"

갑자기 나를 향해 치성을 드리기 시작한 양호교사한테서 도망치듯, 나는 커튼 밖으로 나왔다.

신체검사는 옛날부터 좋아하지 않았다. 키가 작은 것이 오랫동안 콤플렉스였기에, 지금도 신체검사 때는 자동으로 기분이 우울해졌다.

나는 무심코 한숨을 내쉰 후, 양호실 구석에 놓여 있는 옷을 들었다.

……이 정도 일로 스트레스를 받으면 안 돼. 더 골치 아픈 일이 기다리고 있잖아…….

서둘러 체육복 위에 겉옷을 걸치려던 나는 갑자기 움직임을 멈췄다.

지그시이이이이이이이이이~.

포니테일 머리모양을 한, 나보다 키가 10센티미터 정도 작은 여자애가 코앞에서 내 가슴에 뜨거운 시선을 보내고 있었다. 눈이 화등잔만 해진 채, 다양한 각도에서 꼼꼼히 살펴보고 있었다. 눈 한 번 깜빡이지 않으니 더 무시무시했다.

모르는 사람이라면 아무리 같은 여자라도 확 신고했겠지만, 다행인지 불행인지 나는 이 애를 안다.

"미…… 미나미 양? 왜, 왜 그래……?"

나는 몸을 비틀어 가슴을 가리면서, 그 애와 약간 거리를 벌렸다.

그녀는 그제야 정신이 퍼뜩 든 건지, 「아하하」 하고 난처한 듯이 웃었다.

"이야, 이리도 양은 날씬한데도 가슴이 꽤 크네~ 싶어서 말이야! 나는 겨우 이것밖에 안 되거든~."

납작하기 그지없는 자신의 가슴을 인정사정없이 찰싹찰싹 때린 그녀는 미나미 아카츠키 양. 이 학교에 입학하고 사귄 친구 중에서 특히 사이가 좋은 이들 중 한 명이다.

밝고 사교적이며, 조그마한 동물 같은 귀여움도 겸비한, 타고난 인싸. 중학교 시절의 나라면 상대방이 일방적으로 나에게 친절을 베푸는 일은 있더라도, 쌍방향적인 친구 관계가 되지는 못했을 것이다.

그녀는 커다란 눈을 다람쥐처럼 굴리면서…….

"매년 말이지? 올해야말로! 하고 생각하지만, 키가 전혀 자라지를 않아~. 하아~. 이래서 신체검사 때마다 항상 우울해진다니깐……."

"맞아. 그 심정, 이해해. 나도 작년까지는 성장기가 안 왔거든……."

"뭐? 이리도 양도 땅딸보 동지였어?"

"작년 이맘때는 미나미 양과 키가 비슷했을걸?"

"뭐어~?! 1년 만에 이렇게 자란 거야?! ……차, 참고로, 브래지어의 사이즈를 여쭈어도 될런지요……?"

"갑자기 태도가 비굴해졌네……. 으음, 그렇게 크지는 않은데……."

나는 몸을 숙인 후, 미나미 양에게 귓속말을 했다. 그러자, 안 그래도 커다란 그녀의 눈이 더욱 치켜 떠졌다.

"……디, 디~이시라굽쇼……?"

"참고로 말해두겠는데, 원래 좀 크게 입는 편이거든……?!"

"이리도 양은 내 희망이야!"

미나미 양이 내 목을 확 끌어안자, 나는 당황했다. 미나미 양은 스킨십이 과격한 편이다. 아무리 성격을 개선해도, 나는 절대 이러지 못 할 것이다.

"근주자적(近朱者赤)이란 말도 있으니까, 이렇게 이리도 양에게 들러붙어 있으면 나도 키가 클지도 몰라~."

"으음. 미안하지만, 그 사자성어는 그런 의미가 아니니까 떨어져 줄래?"

빨개지는 건 내 얼굴이다.

애완 고양이처럼 얼굴을 비비지 말아줬으면 한다.

그건 그렇고, 왜 이렇게 갑자기 성장기가 찾아온 걸까. 여성 호르몬이 작용했다거나? ……키가 크기 시작한 시절에는 여성 호르몬이 인생에서 가장 많이 분비된다고 하던데 말이다.

신체 측정 토크를 나누던 나와 미나미 양은 함께 양호실을 나선 후, 체육관으로 향했다.

이제부터 신체검사와 동시에 시행하는 체력검사를 하러 가는 것이다.

어쩌다 보니 같이 행동하게 된 미나미 양은 포니테일을 흔들면서 체육복 차림인 나를 관찰했다.

"허리와 다리도 가느네~. 이리도 양, 그 체형을 유지하느라 힘들지? 잠시 한눈팔면 바로 살이 붙잖아."

"그…… 그래."

"아, 혹시 스포츠 같은 걸 하는 거야?"

"으…… 응?"

나는 억지로 미소를 지었다. 최근 1년 동안은 영양분이 키과 가슴으로 가서 딱히 운동 같은 걸 안 했다고 말하면 자랑하는 것처럼 들릴 것이다. 『저 애, 되게 빼기네. 완전 재수없어』 같은 소리를 들을 게 틀림없다.

"나, 체력검사가 영 안 내켜~. 이리도 양은 좋겠네~. 운동도 잘하지~?"

"그…… 그렇지는 않은데……."

"거짓말~! 아~ 왜 진학고에 와서까지 체력검사를 해야 하는 거야~. 땅딸보에게는 참 혹독한 세상이야~."

나는 대충 맞장구를 치면서, 마음속으로 식은땀을 줄줄 흘렸다.

성격을 바꿨다. 겉모습도 바꿨다.

과거의 나에서 탈피하기 위해, 온갖 면을 개조했다.

—딱 하나, 운동신경을 빼고 말이다.

항상 의문이었다.

왜 체력검사란 것은 신체검사처럼 사생활을 중시하지 않는 걸까. 왜 사람들 앞에서 운동치라는 점을 강제로 드러내게 하는 것일까. 이래서야 마치 구경거리나 마찬가지다. 세상은 모든 운동치를 피에로로 만들고 싶은 걸까. 그딴 세상은 멸망해버려라.

—그런 저주를 퍼부으며, 나는 체육관에 발을 들였다.

"어, 아직 남자들도 있네."

미나미 양은 그렇게 말하면서 체육관 안으로 폴짝 뛰어 들어갔다.

신체/체력검사는 남녀와 학년별로 이뤄진다. 1학년 여학생 바로 앞 차례가 1학년 남학생이며, 야외 종목을 마친 조가 실내 종목을 하는 중인 것 같았다.

그들 사이에서 나는 낯익은— 아니, 매일 집에서 보는 이를 발견했지만, 못 본 척을 하기로 했다.

"그럼 이리도 양. 빨리 끝내버리자~."

"응, 그러자……."

다른 여학생들이 오기 전에 말이다.

……나는 이리도 유메. 우리 학년에 모르는 사람이 없는, 재색을 겸비한 완벽 여고생.

모처럼 확립시킨 이 이미지를 망칠 수는 없다. 하다못해 평범한 수준은 될 수 있도록, 나는 비밀리에 특훈을 했다.

물론 10년 전에 나온 구형 핸드폰보다 더 깡통인 내 운동신경이 벼락치기 특훈으로 고쳐질 리가 없다. 하지만 체력검사의 몇 안 되는 종목으로 한정한다면, 방법이 없지는 않다. 학년에서 손꼽히는 기록을 내지는 못하더라도, 일반적인 여자애로서 부끄럽지 않은 기록이라면 낼 수 있을 것이다.

그다음에는 나 같은 운동치가 더 있기를 바랄 뿐이다. 그

점에 있어서는 운동을 잘하지 못한다는 미나미 양과 행동을 같이하게 되어 다행이다—.

—라고 생각했지만…….

"어이, 저기 좀 봐!", "미나미잖아? 우와!", "어마어마하게 잽싸네!", "완전 토끼야, 토끼!", "반복 옆뛰기 55회?", "맙소사, 내가 졌어~!"

"젠장~! 좀 더 할 수 있을 거라고 생각했는데~."

미나미 양이 숨조차 헐떡이지 않으며 돌아오자, 나는 완전히 침묵에 잠긴 채 그녀를 맞이했다.

—거짓말쟁이!!

뭐가 운동치라는 거야! 새빨간 거짓말이잖아! 끝내주는 운동신경을 가졌으면서, 이 원조 운동치한테 그딴 거짓말 하지 말란 말이야!!

"미…… 미나미 양? 운동, 못한다며……?"

마음속에서 휘몰아치는 허리케인을 숨기며 그렇게 묻자, 미나미 양은 어리둥절한 표정으로 고개를 갸웃거렸다.

"내키지 않는다고 했지, 못한다고 말한 적 없는데? 나 같은 땅딸보, 그것도 여자애가 웬만한 남자애들보다 운동을 잘하면 놀림 받기 딱 좋잖아?"

서술 트릭이었다.

딱 좋잖아? 는 무슨! 이세계의 상식을 당연한 듯이 늘어놓지 마!

틀림없다. 이 미나미 아카츠키란 여자애는 오래달리기에서 『같이 뛰자~』 같은 제안을 해놓고 자기만 앞서 나가는 타입이다! 이익…… 역시 커뮤니케이션 능력을 타고 난 인간은 신용해선 안 돼……!

"다음은 이리도 양 차례네. 힘내~."

저 조그마한 동물처럼 귀여운 미소 이면에 어떤 타산이 숨겨져 있는 걸까. 혹시 내가 운동치라는 것도 꿰뚫어 보고 있는 건 아닐까? 으으으, 무서워…… 리얼충 무서워…….

마음속으로 조그마한 동물처럼 떨면서, 반복 옆뛰기를 하기 위한 라인 앞에 섰다. 그러자, 무대 앞에서 윗몸일으키기를 하고 있는 이들 중에서, 내 의붓동생(과, 최근에 그와 자주 어울리는 남자애)을 발견했다.

"시작하자, 이리도! 하나, 두~~~~~~~울——."

"기브업."

"그런 룰 없어~!!"

……저 남자, 의욕이 없어도 너무 없네.

주위에 있는 학생들은 당연히 비웃었고, 감독 중인 체육교사 또한 그를 노려보았다. 하지만 본인은 태연한 표정으로 드러누워 있었으며, 다리를 잡은 남자애(이름이 카와나미였나?)가 보다 못한 듯이 팔을 잡아당겨서 억지로 몸을 일으켰다. 윗몸일으키기가 아니라 윗몸일으켜주기다. 저래서야 카와나미의 체력만 측정하게 될 것 같은데 말이다.

……저러지는 말아야지.

나는 마음속으로 굳게 다짐했다. 그러기 위해 최근 몇 주 동안 익숙하지 않은 근력운동을 했고, 스포츠 과학 서적을 읽었다. 어젯밤에도 밤늦게까지 복습을 한 바람에, 실은 피로와 수면 부족 탓에 머릿속이 멍했다.

좋아!

의붓동생의 추태를 보고 마음을 다잡은 덕분인지, 나는 반복 옆뛰기, 유연성 측정, 윗몸일으키기를 하며 나쁘지 않은 기록을 냈다. 뭐, 악력은 근력에 기반하기 때문에 점수가 그다지 좋지는 못했지만…….

"오~! 이리도 양, 대단해~!"

"으, 응……."

괜한 의심을 한 게 미안해질 정도로, 미나미 양은 솔직하게 나를 칭찬해줬다. 나는 그런 그녀에게 어색한 미소밖에 지을 수 없었기에, 왠지 미안했다.

……피, 피곤해…….

수면 부족인 채로 긴장을 한 탓인지, 체력을 지나치게 소모하고 말았다. 아직 야외 종목이 남아있는데, 괜찮을까.

조금만 더 힘내자. 그리고 끝나면 바로 돌아가서 자야지…….

약간 후들거리는 발걸음으로 체육관을 나설 때, 결국 윗몸일으키기를 다시 하게 된 의붓동생이 나를 힐끔 쳐다본 듯한 느낌이 들었다.

제자리멀리뛰기, 핸드볼 던지기, 그리고 50미터 달리기. 이게 야외 종목이다.

왕복달리기 같은 고문도 있지만, 그것은 다른 날에 실시할 예정이다. 그 종목은 무자비한 전자음을 듣기만 해도 구역질이 나기에, 일찌감치 탈락할 생각이다.

제자리멀리뛰기는 엉덩방아만 찧지 않도록 주의했고, 핸드볼 던지기는 원심력을 이용한 덕분에 꽤 괜찮은 기록을 낼 수 있었다. 미나미 양은 양쪽 다 남자들 못지않은 좋은 기록을 냈다. 체력검사 때 주위 사람들의 환호성을 듣는 기분은 어떨까. 상상도 안 된다.

수면 부족인 채로 봄 햇살을 맞으며 돌아다닌 탓인지, 내 피로는 거의 정점에 도달했다. 지금 바로 침대에 드러누워서 자고 싶다. 그런 욕구를 수분 보충으로 억누른 나는 오늘의 메인 이벤트인 50미터 달리기를 하러 갔다.

"그럼, 다녀올게."

앞줄인 미나미 양은 나와는 대조적인 힘찬 발걸음으로 출발선에 섰다. 그리고 멋진 크라우칭 스타트로 다른 사람들을 순식간에 따돌리더니, 그대로 골을 향해 내달렸다.

"치, 7.3초~!!"

측정 담당인 여자애가 그렇게 외치자, 주위에서 환호성이 터져 나왔다. 오늘의 최고 기록이다. 저러면서 뭐가 내키지 않는다는 거야? 여자는 진짜 믿을 수가 없다니깐…….

골 너머에서 미나미 양이 육상부로 보이는 상급생에게 둘러싸여 있는 모습을 보면서, 나는 출발선에 섰다.

"후우……."

아무튼, 이 달리기만 마치면 끝이다. 조금만 더 힘내면 된다. 숨을 가다듬으며, 연습하며 느낀 주의사항을 돌이켜봤다.

"제자리에~. 준비―."

나는 지면을 박찼다.

폼. 팔의 움직임. 지면을 내딛는 방법. 그 모든 것을 의식하며, 머릿속에 존재하는 이상적인 달리기를 재현했다.

1년 전에는 상상조차 못 했던 속도로 몸이 나아가는 것이 느껴졌다. 하면 된다. 아무리 벼락치기라고 해도 말이다. 하려고도 않는 저 남자와 나는 다르다.

이제 나는, 저 남자와 『똑같지』 않다.

이제 나는, 저 남자보다 우수하다.

같이 뛰던 여학생들이 시야에서 사라졌다. 골이 점점 다가왔다. 남은 거리는 10미터. 몸을 앞으로 숙이며 더욱 힘차게 지면을 박찼다. 조금만 더, 조금만 더, 조금만 더……!

나는 골을 통과했다.

한계를 넘어 움직인 발에서, 겨우 힘을 뺐다. 숨이 턱까지 찼다. 아무 말도 할 수 없었으며, 그저 산소만을 갈구하며 측정 담당을 쳐다보았다.

"8.5초~!"

힘차게 발표된 그 기록은, 내 인생에서 가장 빠른 기록이었다. 아니, 하지만, 지금은, 기록 달성의 기쁨보다—.

"……끝났, 어……."

그 순간, 나는 땅과 하늘을 분간할 수가 없었다.

……어, 라?

거짓말.

큰일 났어.

어지러워.

지면이, 어느 쪽—.

"—어이쿠."

다시 감각을 되찾았을 때— 팔 하나가 내 몸을 지탱해주고 있었다.

근육이 전혀 붙어 있지 않은 얄팍한 팔이었다.

하지만 내 어깨를 꼭 안은 채 전혀 흔들리지 않는, 듬직한 팔이었다.

"(……수고했어.)"

귓가에서, 익숙한 목소리가 들려왔다.

"(하지만, 앞으로는 무리하지 마.)"

아직 또렷하지 않은 눈으로 목소리가 들린 곳을 쳐다보니, 낯익은 퉁명한 얼굴이 눈에 들어왔다. 그 얼굴이 약간 화난 것처럼도 보였기에, 나는 그저 그의 어깨에 얼굴을 묻을 수밖에 없었다.

어린애를 달래듯, 그는 내 어깨를 가볍게 두드려줬다. 마치 『수고했어』 하고 말하는 것 같았기에, 나는 더욱 고개를 들 수 없었다.

몸이 뜨거워. ……땀 냄새가 나.

"이리도 양~! 괜찮아~?!"

미나미 양의 목소리가 들렸다. 바로 그때, 아까와 다르게 내 몸이 거칠게 내던져졌다.

"우와아앗?!"

또 비틀거리는 내 몸을 이번에는 미나미 양이 부축해주는 것 같았다.

나는 아무렇게나 내던진 그 남자는…….

"뒷일을 부탁해."

……하고 대충 말한 후, 뒤돌아서서 걸음을 옮기며 교정에서 사라졌다.

나도, 미나미 양도, 그 광경을 지켜보고 있던 다른 학생도…….

그 등을— 이리도 미즈토를 멍하니 쳐다볼 수밖에 없었다.

"……이리도는 야외 종목을 이미 마치지 않았어……?"

미즈토의 모습이 완전히 사라진 후, 미나미 양이 중얼거렸다.

남자들이 먼저 체력검사를 시작했으니, 체육관에서 마주친 것은 우리와 달리 야외 종목을 먼저 마쳤기 때문이 틀림없다.

그렇다면, 지금, 이 자리에 저 남자가 있었던 이유는…….

……이리도 미즈토는, 절대 히어로가 아니다.

절체절명의 위기에서 살아 돌아올 수 없으며, 알지도 못하는 누군가를 구하려고 하지도 않는다.

거듭, 말하겠다.

이리도 미지토는, 절대, 히어로가 아니다.

적어도…… 나 이외의 다른 이들에게 있어서는…….

나는 미나미 양에게 부축을 받으며, 신체검사가 끝나서 비어있는 양호실로 이동했다. 좀 현기증이 날 뿐이니 괜찮다고 주장했지만, 「『좀 현기증이 난다』는 건 절대 괜찮은 게 아냐!」라는 미나미 양의 주장에 나는 반론할 수가 없었다.

청결한 흰색 침대에 누워서 잠시 눈을 감고 있자, 녹아내리듯 피로가 빠져나갔다.

……내 생각보다 피로가 더 많이 쌓여 있었던 걸지도 모른다. 엄마가 재혼하고, 이사했으며, 가족이 늘었을 뿐만 아니라, 고등학생이 되기까지…… 내 환경도 꽤 달라졌기 때문일까…….

"미안해, 이리도 양……. 나, 이리도 양이 이렇게 지친 줄은 꿈에도 몰랐어."

"아, 괜찮아……. 내가, 괜히 허세를 부린 바람에 이렇게 됐는걸……."

"허세?"

그 남자의 꾸밈없는 모습을 봤기 때문일까. 나는 미나미 양에게 숨김없이 전부 털어놨다.

실은 운동을 잘하지 못하며, 그게 알려지는 게 싫어서 무리해가면서 체력검사 준비를 했다는 것을 전부 털어놨다.

미나미 양이 이런 이야기를 들었다고 나와 절교할 애가 아니라는 것은 알지만, 어쩌면 조금은 경멸할지도 모른다.

……하지만, 그렇게 되더라도 어쩔 수 없다. 나는 1년 전과 완전히 딴판이 됐지만, 그래도 바뀌지 않은 부분이 한두 가지 정도는 있는 것이다.

그 남자처럼 전혀 변하지 않는 것도 문제라고 생각하지만 말이다.

"……후훗."

나는 상대방을 실망시킬 것을 각오했지만, 뜻밖에도 미나미 양은 기쁨에 찬 미소를 지었다.

"왠지~ 친근감이 샘솟네."

"뭐? 왜……?"

"이리도 양은 솔직히 다가가기 힘든 구석이 있잖아~. 미인에, 머리도 좋아서, 범접할 수가 없다고나 할까? 하지만 실은 운동치에 허세쟁이였구나~. 오호라~."

"……저기, 방금 그 말 듣고 울컥했거든? 화내도 돼?"

"괜찮아~. 이리도 양이 화내는 모습도 보고 싶어!"

"그럼 잠시 실례— 너, 너, 정말."

나는 침대에 누운 채 손을 뻗어서, 미나미 양의 이마에 살짝 꿀밤을 날렸다.

……화내는 것이 너무 서툴렀다.

"푸흡…… 아하하하하하!『너, 정말』이래! 귀~여~워~라~!"

"……우, 웃지 마……. 갑자기 부끄러워진단 말이야……."

이불 안으로 들어가 얼굴을 숨겼다. 나는 온갖 경험이 다 부족해…….

"저기, 이리도 양!"

얇은 이불 너머로 어렴풋이 보이는 미나미 양이, 침대 안에 있는 내 얼굴을 들여다보았다.

"『유메』라고, 불러도 돼?"

이…… 이름으로 부르기!

치, 친구에게 이름으로 불리는 건 처음이다……. 아니, 가족 이외의 사람에게 이름으로 불리는 것 자체가 처음일지도 모른다. 우와, 왠지, 좀, 멋쩍어!

“어? 유메? 유메~? 괜찮아? 안 돼? 어느 쪽이야?”

한동안 이불 안에서 몸부림을 친 나는 눈언저리까지만 밖으로 내민 후, 불가사의한 표정을 짓고 있는 미나미 양에게 쥐어 짜낸 듯한 목소리로 말했다.

“으…… 응. 좋아. 아니…… 그, 그러니까, 부탁할게.”

그 후, 나는 문뜩 생각했다. 상대방이 나를 이름으로 부른다면, 나 또한 상대방을 이름으로 불러야 하지 않을까?

……좋아. 좋아, 좋아, 좋아. 해보자. 해보는 거야. 이것도 성장의 한 걸음……!

아…… 아카…… 아…….”

—우와아아아아! 왜, 왠지 부끄러워! 친구끼리 서로를 이름으로 부른다면……! 그건, 절친이나 다름없잖아! 화, 황송해……. 아직 알게 된지 일주일 정도밖에 안 됐는데……!

아, 아카, 아— 내가 처참한 사건의 기억을 떠올리다 PTSD가 발병한 중요 참고인 같은 상태가 되자, 아카— 미나미 양은 어째선지 히죽 웃었다.

“그래그래. 천천히 해도 돼~. 서서히 익숙해지자~.”

마치 엄마처럼 내 머리를 쓰다듬어줬다.

혹시 바보 취급당하는 거 아냐?!

“……앞으로 잘 부탁드려요, 미나미 양.”

“어라. 『아카츠키』라고 안 불러주는구나. 게다가 존댓말!”

우리는 몇 초 동안 서로를 쳐다본 후, 어깨를 들썩이며 웃었다.

아아— 나…… 친구가, 생겼어.

◆

한동안 누워 있었더니 몸이 조금 좋아졌다. 옷 갈아입고 집에 돌아갈 수는 있겠다고 생각한 나는 미나미 양과 함께 양호실을 나섰다.

우리 둘 다 체육복 차림이라 우선 탈의실에 가기 위해 계단 쪽으로 향하고 있을 때, 블레이저 교복 차림의 남학생이 계단 위에서 내려왔다.

"아."

"…………."

그 남자— 이리도 미즈토는 삐뚤어진 넥타이를 숨기려고도 하지 않으며, 아무 말 없이 나를 쳐다보았다.

……아까, 이 남자가, 나를, 도와줬어…….

이 남자는 교정에 올 이유 같은 것 없었다. 그러니, 내 몸 상태가 나쁜 걸 눈치채고 체육관에서 일부러 쫓아왔을 것이다—.

……일단 고맙다고 말하는 편이 나을 거야. 그게 예의잖아. 인간으로서의 예의. 그래. 일반상식이 있는 인간으로서,

그게 당연한 행동이겠지. ……좋아.
나는 마음을 굳게 먹은 후, 입을 열었다.
"……저기, 아까는—."
"눈."
미즈토는 기선을 잡듯, 갑자기 내 눈을 손가락으로 가리켰다.
"다크 서클, 생겼어."
"……뭐? 거짓말!"
내가 허둥지둥 거울 대신 스마트폰을 꺼내 얼굴을 살피려고 하자…….
"거짓말이야."
미즈토는 심술궂은 미소를 지은 후, 신발장을 향해 성큼성큼 걸어갔다.
…………어어어엇?!
뭐야?! 저 녀석, 대체 뭐냔 말이야! 웬일로 상냥하게 구나 했더니, 방금 그 무의미한 거짓말은 대체 뭔데?!
크으으으……. 그래. 깜빡했어. 저 남자는 저런 인간이야. 내가 곤란해 하는 모습을 지켜보는 걸 좋아하는, 성격 더러운 저질남이잖아. 이렇게 되니, 교정에 온 것도 내가 허세를 부리는 모습을 구경하러 온 게 아닐까 하는 생각이 들어. 아니, 그게 분명해! 하아, 정말! 최악이야! 진짜 헤어지기 잘했다니깐!

내가 발끈하며 의붓동생의 등을 노려보고 있을 때, 옆에 있는 미나미 양이 불쑥 이렇게 중얼거렸다.

"……이리도는 유메한테 참 상냥하네."

"응? 어디가 말이야?!"

"어디일까~."

미나미 양은 교과서 읽는 말투로 그렇게 말하더니, 발소리를 크게 내며 복도를 걸어갔다.

나는 그런 그녀의 포니테일이 흔들리는 모습을 보며, 고개를 갸웃거리기만 했다.

전 남친은 간병한다
"식은 죽 먹기야."

이제 와서는 젊은 날의 치기라고 말할 수밖에 없겠지만, 중학교 2학년 때부터 중학교 3학년 때까지 나에게는 소위 여친이라 부르는 존재가 있었다.

그런 회상을 할 때마다 생각하는 거지만, 인간이 지닌 망각이란 멋진 기능에는 운명적 측면에서 심각한 결함이 있는 게 아닐까. 필요한 지식은 금방금방 사라지는데, 잊고 싶은 추억은 머릿속에 눌러앉아서 사라지지를 않는다.

어떤 식의 오류라는 생각마저 들었다. 생물에 문제가 발생한 상태를 병에 걸린 것이라고 본다면, 인간은 태어날 때부터 병마에 시달리고 있는 것이다—. 왠지 옛 철학자 같은 소리를 늘어놓고 있지만, 아무튼 이번에 하려는 건 병에 관한 이야기다.

병.

딱히 나는 어릴 적에 목숨을 잃을 수도 있는 난치병에 걸린 적이 없다. 그런 건 겉보기에는 건강해 보이지만 어딘가 덧없어 보이는 미소녀에게 맡겨두기로 하고, 이번에 발생한 병마는 단순한 감기다. 그리고 그 병마에 시달리고 있는 건 내가 아니라 그 여자— 이리도 유메였다.

그것은 중학교 2학년 12월의 일이었을까. 겨울의 발소리가 서서히 다가오는 쌀쌀한 아침, 아야이는 우리의 약속장소에 나타나지 않았다.

당시의 나는 마음 상냥한 남자였기에 걱정이 된 나머지 스마트폰으로 연락을 취했고, 감기에 걸려서 학교를 쉴 거라는 답변을 받았다. 그렇구나, 빨리 나아, 하고 메시지를 보낸 나는 오래간만에 혼자서 등교했다.

그리고 방과 후—.

학교는 전시대적인 조직이기에, 아직 프린트라는 종잇조각을 대량으로 소비하고 있다. 메일로 보내, 그럼 잃어버릴 걱정도 없잖아, 하고 나는 생각하면서도 이번만큼은 잘 됐다고 생각했다. 담임교사가 이렇게 말했기 때문이다.

—학교를 쉰 아야이에게 프린트를 전달해줄 사람, 없어~?

당연히, 아무도 나서지 않았다. 이런 건 학급 반장이란 이름의 잡일 담당이 맡게 되지만, 이번만큼은 단순한 잡일이라고 할 수 없었다.

나는 순식간에 적당한 변명을 짰다. 아야이에게 프린트를 전달하는 임무에 내가 자원해도 이상하지 않을 변명을 말이다.

남들에게 우리 관계를 숨겨온 것이 역효과를 발휘하고 있는 상황이지만, 명석한 두뇌를 지닌 나는 순식간에 완벽한 변명을 만드는 데 성공했다.

—저기…… 집이 같은 방향이거든요…….

지금 생각해보니 비범함과는 그야말로 담쌓은 변명이지만, 아무튼 나는 합법적으로 아야이의 집에 방문하는 것이 가능해졌다.

병문안 이벤트가 발생한 것이다.

담임교사에게 들은 주소에 있는 맨션의, 담임교사에게 들은 호실 앞에 선 나는 긴장했다. 가족이 있으면 어쩔까. 프린트를 건네주고 바로 돌아갈까. 아니다. 아야이는 모자가정이다. 이 시간에는 집에 아야이 뿐일 테니—.

쓸쓸하겠지, 하고 생각했다.

나도 감기에 걸렸을 때는 집에 혼자 있었다. —그래서 아야이의 지금 심정을 누구보다 이해할 수 있었다.

느닷없이 인터폰을 눌러서 놀래주고 싶은 마음도 들었지만, 환자에게 서프라이즈는 필요 없을 것이다. 나는 우선 스마트폰으로 연락을 했다.

—어어?! 이, 이리도?! 왔어? 우리 집 앞에?!

스마트폰으로 연락을 했는데도, 충분히 놀란 것 같았다.

뭐, 놀랄 기력과 체력이 있다는 건 바람직한 일이다. 겸사겸사 현관문도 열어줬으면 좋겠지만…….

—자, 잠깐만 기다려……! 잠시면 돼!

—……혹시, 옷 갈아입으려는 거야?

"—그, 그게……!"

—몸이 안 좋을 때는 겉모습 같은 건 신경 안 써도 돼. 나도 신경 안 쓸게.

잠옷 차림을 보고 싶다. 방금 내 대사를 올바르게 번역하면, 이런 의미일 것이다.

뒈져버려라, 사춘기.

설득에 성공한 건지, 아야이는 파스텔 핑크색 잠옷 차림으로 나를 맞이해줬다. 엄청 귀여— 쿨럭, 평범하네. 응. 저 여자한테 어울리는 평범한 잠옷이다.

물론 프린트를 전해주기만 하고 돌아갈 생각은 없었기에, 나는 침대에 누운 아야이를 성심성의를 다해 여러모로 간호해줬다.

여러모로라고 표현하기는 했지만, 사과를 깎아주고 스포츠 드링크를 먹이는 정도였다. 몸을 닦아주는 것 같은 이벤트가 일어나지 않았다는 것을 단언해두도록 하겠다.

할 일이 없어지자, 나는 침대 옆에 그냥 앉아 있었다.

오늘은 아야이의 어머니도 일찍 돌아오신다고 했으니, 슬슬 돌아가볼까— 하고 생각했을 때였다. 이불을 입가까지 덮은 아야이가 열기 때문에 빨개진 얼굴로 나를 지그시 올려다보았다.

—……이리도.

—응? 혹시 해줬으면 하는 게, 있어?

—으음…… 저기…….

아야이는 우물쭈물하더니, 이불 안에서 오른손을 내밀었다.

—손…… 잡아주면, 기쁠 것, 같아…….

물론 나는 이 정도로 가슴이 뛰지 않았지만(결단코 뛰지 않았지만!), 그녀의 심정은 왠지 이해됐다.

사람은 감기에 걸리면 마음이 약해진다. 집안에 아무도 없으면 더 그렇다. 그러니, 타인의 체온이 그리워지는 것이다…….

—그 정도는 식은 죽 먹기야.

나는 아야이의 오른손을 꼭 움켜잡았다.

열기를 머금은 그 조그마한 손이 마치 갓난아기의 손 같다는 생각이 들었다.

—후훗…….

아야이는 기쁘다는 듯이 배시시 웃더니, 이윽고 꾸벅꾸벅 졸면서 조용히 잠에 빠져들었다.

이대로 쭉 손을 맞잡고 있었으면 좋겠다, 라고— 그래, 변명은 하지 않으마. 당시의 나는 분명 그렇게 생각했어.

하지만 이대로 이 집에 남아있다간, 아야이의 어머니와 마주치게 된다. 감기에 걸린 딸이 있는 집에 남자가 침입한 이 상황은 여러모로 문제가 될 것이다.

나는 30분 정도 아야이의 곤한 숨소리를 들은 후, 아쉬움 속에서 살며시 손을 놓으며 그녀의 집을 나섰다.

지금 떠올려보니 집으로 돌아가는 길에 유니 씨를 본 것 같은 느낌이 들었다. 정말 아슬아슬한 타이밍이었던 것 같았다.

◆

"어라? 그러고 보니 이리도 양이 등교 안 했네?"

당연한 듯이 내 책상 쪽으로 온 카와나미 코구레가 교실을 둘러보며 그렇게 말했다.

물어볼 게 뻔하다고 생각했던 나는 미리 준비해뒀던 답을 입에 담았다.

"감기 걸렸거든. 집에 뻗어 있어."

"뭐, 정말?"

"정말이야. ……뭐, 환경이 변한 탓에 꽤 지쳤을 거야."

성이 바뀌고, 집이 바뀐 데다, 한 지붕 아래에서 나와 산다는 환경 속에서 지치지 않는 게 이상했다. 나는 아무렇지 않지만 말이다.

"어~? 유메, 오늘은 학교 안 오는 거야~?"

꽤 큰 목소리가 내 뒤통수에 명중했다.

나는 반사적으로 의식을 셧다운시킬 뻔했지만, 그 전에 조그마한 여자애가 눈에 들어왔다. 그 여자애의 포니테일이 흔들리고 있었다.

중2 때 유메한테 버금갈 만큼 조그마하지만, 묘하게 활발

해서 눈길을 끄는 여자애다. 그 탓인지, 혹은 유메 녀석이 자주 같이 있어서 그런지, 나는 그녀의 이름을 외웠다.

미나미 아카츠키. 이리도 유메를 중심으로 한 여자 그룹의 일원이다. 등교한 유메 녀석에게 가장 먼저 인사하는 건, 항상 이 여자애다.

미나미 양은 내 책상 쪽으로 몸을 쑥 내밀었다.

"유메, 괜찮은 거야? 체온은 어느 정도야?"

"3…… 38도라고 들었는데……."

"38도! 심각하네~!!"

"미나미, 진정해. 이리도가 질려버리겠어."

카와나미가 고양이를 다루듯 미나미 양의 목덜미를 잡아 당기며 나에게서 떼어냈다. 살았다.

거리감이 무의미한 사람을 상대하는 건 질색이다.

"뭐하는 거야, 카와나미! 고양이 취급하지 마~!"

"그래~."

"꺄앗!"

카와나미가 놔주자, 미나미 양은 그대로 바닥에 떨어졌다. 진짜 고양이 같다.

하지만 허물없어 보이는걸. 나는 카와나미의 얼굴을 쳐다보았다.

"너, 미나미 양과 아는 사이야?"

"어~? 아…… 뭐, 일단 아는 사이는 맞아. 중학교 때 같은 학원에 다녔거든."

"맞아. 이 녀석이 이 고등학교에 붙을 줄은 몰랐지만 말이야!"

"그건 피차일반이라고."

아하. 이런 진학고에 들어가려 하는 중학생은 같은 학원에 다니게 될 수도 있을 것이다. 나와 유메는 독학으로 공부했지만 말이다.

두 사람 다 진지하게 학원에 다닐 듯한 이미지는 없는데 말이야.

"그것보다!"

미나미 양은 마치 용수철이라도 몸에 달린 것처럼 벌떡 일어섰다.

"혹시 유메는 지금 집에 혼자 있는 거야?!"

"으, 응…… 그럴 거야. 아빠와 유니 씨— 어머니도 일하시고, 나도 학교를 쉴 수는 없잖아."

학교를 쉬더라도, 하루 종일 그 여자의 간병하는 건 딱 질색이지.

"뭐~?! 불쌍해~! 유메, 쓸쓸하지 않을까……."

……내 뇌리에, 어떤 광경이 떠올랐다.

나한테 손을 잡아달라고 부탁하던, 이리도 유메와는 하나도 닮지 않은 여자애의 얼굴이…….

"좋아, 결정했어!"

미나미 양은 갑자기 내 책상을 두 손으로 내려쳤다.

"방과 후에 병문안 갈래! 이리도, 그래도 되지?!"

"어어……."

"대놓고 질색하는 표정 짓지 마~!"

"아, 재미있겠는걸. 그럼 나도—."

"아, 카와나미는 됐어."

"왜야!"

……뭐, 아버지와 유니 씨가 돌아올 때까지는 내가 그 녀석을 돌봐야 할 테니……. 미나미 양이 그걸 대신해준다면, 나로서도 나쁠 게 없나.

그리하여, 나는 방과 후에 미나미 양을 집으로 초대하게 됐다.

물론, 카와나미는 데려가지 않았다.

"꽤 큰 집이네~. 원래 이리도가 살던 집이지?"

"겉보기만큼 새집은 아냐. 아버지가 어릴 때부터 살던 집이거든."

"흐음~. 그럼, 실례하겠습니다~!"

내가 열쇠로 문을 열자, 미나미 양이 멋대로 현관 안에 들어갔다. 이 사람은 참 거침없네.

"2층이야?"

"안쪽 방인데, 네가 갑자기 찾아오면 그 녀석도 깜짝 놀랄 거야. 그러니 얌전히 기다려줄래?"

"에이~. 놀래줄 생각이었는데……."

"환자에게 서프라이즈는 필요 없다고."

"그것도 그래."

예상보다 순순히 말을 듣는 것 같아 다행이다.

미나미 양을 데리고 2층에 올라간 나는 유메의 방에 노크를 했다. 서로의 방에 들어갈 때는 꼭 노크를 한다—. 동거하게 되면서 우리가 정한 룰 중 하나다.

대답이 없었다. 잠든 걸지도 모른다.

"들어갈게."

일단 그렇게 말한 후에 문을 열었다.

이삿짐용 종이 상자는 전부 사라졌다. 그 대신 책으로 가득 차 있었지만, 내 방과는 다르게 바닥이 보였다.

이런 평가를 내린 시점에서 눈치를 챘겠지만, 솔직히 말해 여자애 방 같은 느낌은 거의 나지 않았다. 그나마 오래되어 보이는 캐릭터 쿠션이 바닥에 굴러다니는 점과, 화장품 같아 보이는 병이 책상에 줄지어 놓여 있는 점이 겨우겨우 여자애 방 같은 느낌을 자아내고 있었다.

유메는 침대에 누워있었다.

내가 수업을 받는 사이에 낫기를 기대했지만, 그렇지 않았다. 긴 흑발을 트윈테일 스타일로 묶고, 얇은 물방울무늬 잠옷을 입은 그녀가 곤히 숨 쉬며 잠을 자고 있었다. 평소에는 밉살스러운 소리만 늘어놓는 녀석이지만, 이렇게 잠들어 있으니 귀여워 보였다.

"……유메, 자는 거야?"

"그런 것 같네."

우리가 침대에 다가가자, 유메가 눈썹을 희미하게 떨면서 눈을 가늘게 떴다.

깨운 걸까. 어쩌면 잠이 얕았던 걸지도 모른다.

"……으응……."

유메는 눈을 반쯤 뜬 채, 나를 멍하니 올려다보았다.

그리고, 안심한 것처럼 무방비한 미소를 지었다.

"…………이리, 도…………."

으그윽?!

나는 그런 비명을 지를 뻔했지만, 겨우겨우 참았다. ―이 여자! 이 상황에 그 호칭으로 부르면 어떻게 하냐고!

"아, 안녕. 몸은 좀 어때?"

다행히 목소리가 작았던 만큼, 나는 아무 일도 없었다는 듯이 행동했다. 만약 뒤편에 있는 미나미 양이 방금 들었더라도, 잘못 들은 거라 여기며 그냥 넘어가 줄 것이다. 아마도…….

아직 잠이 덜 깬 건지, 유메는 「으응~」 하고 신음을 흘리더니—.

내 옷소매를 꼭 움켜쥐었다.

"어디…… 갔던 거야……. 쓸쓸했어……."

이보세요오오오!! 유메 양~!! 기억이 1년 정도 퇴행한 거 아닙니까~!!

아냐. 아직 포기하기엔 일러. 나는 진땀을 삐질삐질 흘리면서도, 다시 아무 일도 없었다는 듯이 뒤편에 있는 미나미 양을 손가락으로 가리켰다.

"저…… 저기, 미나미 양이 병문안을 와줬어."

"안녕~ 유메~. 좀 괜찮아~?"

유메의 어리광부리는 듯한 목소리를 듣지 못했던 건지, 미나미 양은 평소처럼 밝은 목소리로 말을 건넸다. —그래서일까. 유메도 미나미 양의 얼굴을 본 덕분인지 눈동자에 이성의 빛이 되돌아오고 있었다.

"…………아…………."

자신의 방금 언동을 떠올린 것 같았다.

얼굴이 삶은 게처럼 빨개졌지만, 다행스럽게도 지금 이 여자는 감기에 걸렸다. 그러니 열이 나서 이러는 거라고 미나미 양도 생각해줄 것이다. 응. 그래 줬으면 한다.

유메는 한순간 원망 섞인 눈길로 나를 노려보았다. 내 탓이 아니잖아.

그 후, 유메는 학교에서 항상 짓고 있는 우등생 스마일을 머금었다.

"일부러 와줘서 고마워, 미나미 양……. 열은 꽤 내렸으니까……."

"무리해가며 말 안 해도 돼. ……참, 내가 해줬으면 하는 건 없어? 배고프지 않아? 재료를 좀 사 왔어!"

미나미 양은 집에 오기 전에 들른 슈퍼마켓의 봉투를 뒤졌다. 현관 앞까지는 내가 들고 왔다.

"그런 것까지 부탁하는 건 좀…… 미안할 것 같아……."

"에이, 괜찮아~! 부엌 좀 빌릴게! 이리도, 도와줘!"

미나미 양은 뒷일은 여자애에게 맡기고 퇴장할 생각이었던 내 팔을 덥석 잡았다.

"……어? 내가?"

"요리 꽤 잘한다며? 유메한테 들었어."

……이 여자는 자기 친구한테 내 이야기를 하는 거냐.

내가 힐끔 쳐다보자, 유메는 벽을 향해 고개를 휙 돌렸다. 아까 전의 실수 때문에 저러는 걸지도 모른다.

"……뭐, 죽 정도라면 만들 수 있어."

"그 정도면 충분해~! 가자~!"

미나미 양에게 끌려가는 형태로, 나는 유메의 방을 나섰다.

등 뒤에서 시선이 느껴졌다. 그러니까, 아까 그건 내 탓이 아니라고…….

“이리도는 말이야~. 유메와 사이가 어때?”

채소를 써는 도중에 그런 질문을 받은 바람에, 하마터면 내 손가락이 죽 재료가 될 뻔했다.

“사…… 사이? 어떤 사이?”

“그야 남매로서 사이가 어떻냐는 거야~.”

“아, 아하…… 그렇구나…….”

그 정도는 물어볼 수 있잖아. 진정하라고, 나.

미나미 양은 달걀을 풀면서 말을 이었다.

“작년까지는~ 남남이었잖아? 그런데 갑자기 남매가 되어서~ 한집에서 사는 게 가능한 게 싫거든~. 그것도, 같은 또래 남녀가 말이야~.”

차라리 남남인 편이 나을지도 모르지, 하고 나는 생각했다.

마이너스보다는 제로인 편이 스트레스가 적을 것이다.

“……뭐, 해보니 어찌어찌 되기는 해. 신경 써야 할 점도 많지만 말이야.”

“신경 써야 할 점? 예를 들면?”

“글쎄…….”

나는 생각했다.

“가장 큰 건, 목욕이야…….”

"어~? 옷 벗던 도중에 마주치기라도 하는 거야? 역시나?"
"그런 일이 벌어지지 않도록 신경 써. 서로가."
"뭐야. 마주친 적 없구나. 재미없네."
그런 일이 벌어지면 죽을 것이다. 나나 저 녀석 중 한 명이 말이다.
"내 생각에는 말이지~. 이런 환경이면 불편할 것 같아."
"어떤 게?"
"여친이 생기면 어쩔 거야~? 집에 데려오기 힘들지 않겠어?"
"뭐?"
나는 옆에 있는 무드 메이커 담당 소형 동물 소녀를 쳐다보았다.
"……내가 여친을 만들 타입 같아 보여?"
"타입을 떠나서, 이리도는 여친이 있었던 적 있지 않아?"
심장이 털썩 내려앉았다.
망설임 없는 단언이었다. 너무 망설임이 없어서, 한순간 그냥 넘어갈 뻔했을 정도다. —어떻게 안 거지?
미나미 양…… 혹시, 알고 있는 걸까?
"그게~ 나는 그런 쪽으로 감이 좋거든~. 여성을 대하는 태도 같은 거로 바로 눈치채~. 아~ 이 사람은 여친이 있었던 적이 있구나~ 하고 말이야."
미나미 양은 건강미 넘치는 치아를 드러내며 「헤헷~」 하고 웃었다.

가, 감……? 초능력자냐.

"지금은 없는 것 같네. 어때? 맞췄어?"

"…………노코멘트할게."

"어이쿠, 그렇게 나오시나요."

미나미 양은 내가 자른 채소와 밥을 냄비에 넣더니, 동그라미를 그리듯 달걀 물을 부었다. 손놀림이 익숙해 보였다.

"뭐, 떠들고 다닐 생각은 없어. 하지만, 만약 또 여친이 생기면 어쩔 거야?"

죽이 서서히 끓기 시작했다.

"……안 생겨. 만들 생각도 없거든."

"어디까지나 생긴다면, 말이야. 유메한테 소개할 거야?"

그 가정에 대해서는— 어째선지, 자연스럽게 대답할 수 있었다.

"안 하지 않을까? 딱히 허락을 받을 필요도 없고, 왠지 성가시거든."

"흐음. ……그럼 유메는 너한테 여친이 생겨도 알 수 없겠네. 네가 결혼이라도 하지 않는 한 말이야."

"뭐, 그렇게 될 거야……."

결혼하게 된다면, 이야기가 달라지겠지— 상상하기 어려운 시추에이션이지만 말이야.

"오호라, 오호라. 오호라~."

"……어이. 이 대화에는 어떤 의미가 있는 거야?"

"에이~. 잡담에 무슨 의미가 있겠어~!"

그것도 그런가.

미나미 양의 페이스에 완전히 휘둘리는 사이, 죽이 완성됐다.

"자, 유메. 아~."

"내, 내가 먹을게……."

"안 돼~. 아픈 사람이잖아. 아~."

"아, 아……."

부끄러운 듯이 나를 힐끔힐끔 쳐다본 유메는 미나미 양이 내민 스푼에 담긴 죽을 먹었다.

"아뜨뜨……."

"뜨거워? 후~ 후~ 해줄까?"

……나는 대체 뭘 보고 있는 걸까?

방에서 나갈 타이밍을 놓치긴 했지만, 이 자리에 나란 존재가 필요하긴 하려나요? 여고생끼리 좋은 시간 보내세요~ 하고 말하며 내 방으로 돌아가면 안 되는 걸까.

나는 벌써 몇 분 동안 백합 느낌 나는 광경을 보고 있었다.

차분하게 생각해보니, 미나미 양이 와주지 않았다면 저 『아~』를 내가 해야 했을지도 몰라…….

그렇게 생각하니, 미나미 양이 와줘서 정말 다행이란 생각이 들었다. 만약 그런 사태가 벌어졌다면, 나와 유메에게 있어서 후대까지 이어질 수치였을 테니까…….

"휴우……. 잘 먹었어. 참 맛있었네."

"과찬입니다~. 전부 먹었구나!"

"고마워……. 하나부터 열까지……."

"절반은 이리도가 만든 거나 다름없어. 나는 간만 봤거든! 그럼……."

미나미 양은 식기를 정리하더니, 그것이 놓인 쟁반을 들고 자리에서 일어났다.

"나, 설거지하고 올게. 그동안 이리도가 유메 곁에 있어줘~."

"응. ……어, 뭐?!"

"그럼 잘 부탁해~!"

미나미 양은 재빨리 이 방에서 나갔다. 잡을 틈이 없었다.

결국 이 방에는 나와 유메만이 남겨졌다.

……맙소사.

역시 아까 이 방에서 나갔어야 했다.

이렇게 되면 도망칠 수 없다. 나는 투덜거리면서 침대 옆 바닥에 한쪽 무릎을 세우고 앉았다.

다시 베개에 얼굴을 묻고 있던 유메가 어찌된 건지 내 쪽을 지그시 쳐다보았다.

"……왜 그래?"

"……아무것도 아냐."

내 퉁명한 질문에, 유메는 퉁명하게 답했다. 시선도 마주치지 않았다.

"진짜 별로인 녀석이라니깐……. 미리 말해두겠는데, 네가 막 깼을 때의 일은 전부 네가 자초한 거야. 나는 최대한 도와주려고 했거든?"

"아, 알아……! 아까는, 저기, 의식이 혼탁해서……."

유메는 어깨까지 이불을 덮더니 토라진 것처럼 돌아누웠다.

나도 그편이 낫다. 환자는 얌전히 누워있으라고.

"……꽤, 친해졌나 보네."

하지만, 이 이 여자는 돌아누운 채 괜한 소리를 중얼거렸다.

"뭐? 친해져? 누구와 말이야?"

"……미나미 양과 말이야. 둘이서 같이 죽도 만들었다면서……."

"…………."

나는 잠시 생각에 잠긴 후, 입을 열었다.

"……혹시나 해서 묻겠는데, 그건 『내 소중한 친구에게 당신 같은 하찮은 남자가 다가가는 게 불쾌해요』라는 의미로 받아들이면 되지?"

"…………."

유메 또한 잠시 생각에 잠긴 후, 답했다.

"……응. 맞아."

"그렇구나. 그럼 대답해주겠는데, 친해 보이는 건 미나미 양의 커뮤니케이션 능력이 뛰어나서야. 너는 알아? 진정한 커뮤니케이션 강자는 그 어떤 상대와도 친해질 수 있다고."
"마치 내가 가짜라는 듯한 말 같네……."
"그럼 제대로 들은 거야, 고교 데뷔."
"데뷔가 아냐……."
유메는 힘없는 목소리로 대답했다.
영양 보충을 해서 꽤 좋아진 것 같지만, 아직 완전히 회복되지는 않은 것 같았다.
"그만 자. 감기에는 자는 게 최고야."
"……또…… 어디 가는 거야?"
"아무 데도 안 가. 오늘은 집에 있을 거야."
"거짓말…… 전에는, 돌아갔잖아……."
유메의 목소리는 잠꼬대를 하는 것처럼 부드러워지고 있었다. 졸음이 몰려오는 걸까?
"……전이라니, 언제 말이야?"
"전에…… 손, 잡아달라고 했는데…… 깨니까, 없었는걸……."
……아, 그래.
재작년, 겨울의 발소리가 들려오던 시절.
전에 내가, 이 녀석의 병문안을 갔던 때의…….
"……집이, 깜깜해서…… 나, 쓸쓸했단 말이야……."
그때는 언제 유니 씨가 돌아올지 몰랐다. 아니, 잠들 때까지만 손을 잡아주면 될 거라고 여겼다. 나한테는 잘못이 없다.
……하지만…….

나는 그때, 돌아가는 길에 유니 씨를 봤다― 그런데도 집이 깜깜했다는 건, 내가 돌아간 직후에 깼기 때문이리라. 손에서 느껴지던 내 체온이 사라진 후, 바로…….

……하아.

이 여자의 감기에는 기억이 몇 년 전으로 되돌아가는 증상이라도 있는 걸까? 참 별난 병도 다 있는걸.

"…………자."

나는 유메의 얼굴 앞으로 손을 내밀었다.

"이번에는, 아무 데도 안 갈게. 쭉 잡고 있을게. ……그러니까, 이만 잠들어."

"……응……."

유메는 아까 정신을 차렸을 때와 마찬가지로, 안심한 것 같은 미소를 지었다.

그리고 양손으로 내가 내민 손을 움켜잡았다.

"……고마워, 이리도……."

그리고― 그대로, 내 손을 끌어안았다.

"바보……!"

"으응……."

유메는 만족한 것처럼 표정이 편안해지더니, 곤한 숨소리를 내며 잠들었다.

호흡에 맞춰 가슴이 흔들렸고, 그때마다 내 손등에서는 포근하면서도 빨려 들어갈 듯한 자극이그아아끄기기끄갸갸

갸갸갸!!

이대로 있다간, 내가 감기에 걸린 남매를 성희롱했다는 오명을 뒤집어쓰고 만다! 이이이이익……!! 이 여자는 바이러스에 시달리고 있는 와중에도 나를 괴롭히는 거냐!!

……쭉 잡고 있겠다고 말했으니, 손을 뗄 수는 없다.

나는 유메가 깨지 않도록, 슬며시 손의 위치를 바꿨다.

어찌어찌 트러블을 모면할 수 있는 위치로 옮긴 후에야 나는 한숨 돌렸다. 만약 방금 광경을 미나미 양이 봤다면, 대체 어떻게 됐을지…….

……어라?

그러고 보니, 미나미 양이 너무 늦네?

미나미 양은 유메가 잠든 직후에 돌아왔다.

"아~ 미안해. 전화가 왔거든~."

집에서 전화가 온 것 같았다. 슬슬 돌아가야만 한다기에, 나는 그녀를 현관까지 배웅했다.

미나미 양이 방에 돌아왔을 때는 손을 놔줘야만 했고, 이렇게 현관까지 배웅하는 것도 손을 잡은 채로는 불가능하다. 재작년의 아야이도 이 정도는 용서해줄 것이다.

"저기, 이리도. 돌아가기 전에, 물어볼 게 있는데……."

"응?"

현관 앞에서 갑자기 돌아선 미나미 양은 평소와 다름없는 어조로 물었다.

"유메와 이리도는— 평범한 남매, 맞지?"

느닷없이 날아온, 그것은 말이라는 형태의 창이었다.

내 심장을 꿰뚫은 그것은 한순간의 공백을, 이 대화 속에 자아냈다.

하지만— 그것은 한순간에 불과했다.

그 짧은 시간 동안, 나는 그 공격을 버텨냈다.

"—남매야. 단, 의붓남매지."

미나미 양은 나를 올려다보면서, 「아하~!」 하고 납득한 듯한 반응을 보였다.

"의붓남매구나~! 평범한 남매가 아니었네! 그랬어!"

그렇게 말한 미나미 양은 마치 스텝을 밟는 듯한 발걸음으로, 나에게서— 우리의 집에서 멀어졌다.

"그럼, 실례했습니다~! 잘 있어~!"

그리고, 평범한 작별 인사를 입에 담은 후, 그대로 돌아갔다.

뒤통수의 포니테일이 시야에서 사라질 때까지 계속 흔들렸다.

◆

그 후.

아버지와 유니 씨로부터 귀가가 늦어질 거란 연락을 받은 후, 나는 혼자서 유메를 계속 돌봤다.

“스포츠 드링크 마시고 싶어.”

“흘리지 마.”

“아이스크림 사와.”

“……어떤 종류를 사 올까?”

“책 사고 싶어. 돈 줘.”

“줄 것 같냐!!”

잠시 눈을 붙이고 깬 유메는 어리광을 부려댔고, 가련한 나는 잔심부름꾼처럼 부려졌다. 하지만, 상대가 환자이니 화를 낼 수도 없었다.

“……손. 또, 잡아줘.”

“……하아, 알았어.”

그러니 이런 짓도 감수할 수밖에 없다. 나는 평소의 이 여자 같은 악귀나찰이 아니니, 환자의 부탁을 매몰차게 거절하지 못한다.

하지만…….

“그럼. 슬슬 열을 다시 재보자.”

“……뭐?”

"온종일 누워있었는데도 열이 내려가지 않은 걸 보면, 좀 심각한 걸지도 몰라. 아직도 38도가 넘는다면 병원에—."

"아, 아니…… 괜찮아! 진짜로 괜찮거든?!"

"괜찮은지 아닌지 확인하려고 열을 재려는 거잖아. 자, 겨드랑이에 끼워봐."

"싫~어~!!"

어찌 된 건지 강경하게 저항하는 유메의 겨드랑이에 나는 반강제로 체온계를 끼웠다.

그리고 몇 초 후. 체온계에 표시된 숫자를 본 나는 어마어마한 충격을 받고 말았다.

"…………36.5도"

완벽한 정상 체온이었다.

"……………………."

"……………………."

체온계에서 유메를 향해 시선을 돌리자, 이 여자는 즉시 시선을 피했다.

"……이 자식…… 언제부터 멀쩡했던 거야?"

"…………노코멘트…………."

"설마, 미나미 양이 돌아간 후부터는 아니겠지……? 완전히 멀쩡해졌으면서, 환자인 척하며 나를 부려 먹은 건 아니겠지?!"

"노코멘트~!!"

“……어라? 그럼 손을 잡아달라고 했던 것도…….”

“으~~~~~~~!!”

유메는 비명 비슷한 소리를 내며 이불 속으로 숨었다.

“앗, 인마! 도망치지 말라고, 이 건강우량아야!!”

“시, 싫어! 싫단 말이야! 오늘은 안정을 취할 겸 이대로 잠들래!!”

“이미 충분히 잤잖아! 사람의 상냥함을 이용한 거냐?!”

“꺄아~!!”

내가 이불을 잡아당기자, 유메는 그대로 침대에서 굴러 떨어졌다.

완전히 멀쩡해 보이는 얼굴을 내려다보며, 나는 낮은 목소리로 말했다.

“할 말이 있지 않아?”

“……으음…….”

“아니면, 또 손을 잡아줘야 말할 거냐?”

유메의 얼굴은 감기와는 다른 이유로 신호등처럼 새빨개졌다.

“……꾀, 꾀병을 부려서 죄송합니다…….”

“좋아.”

나는 몸을 숙인 후, 바닥에 굴러 떨어진 유메를 일으켜 세웠다.

등이 땀으로 축축해졌다.

"뭐…… 감기가 나은지 얼마 안 된 건 사실이니까, 이번 일은 불문에 부칠게. 일단 오늘은 옷 갈아입고 밥 먹은 후에 자."

"……네가 상냥하게 구니까 기분 나빠."

"이리 칭찬해주니 황공한걸. 내가 손을 잡아주지 않으면 잠도 못 자는 유메 양."

"윽…………!!"

유메는 다시 침대에 뛰어들더니, 이불을 머리까지 뒤집어썼다.

"안 들려! 아무것도 기억 안 나! 옷 갈아입을 거니까 빨리 나가, 이 변태 동생아!!"

"네 형편에 따라 기억이 오락가락해서 참 좋겠네……."

하아, 정말.

"그럼 저녁을 준비하러 갈 건데…… 요구사항이 있다면 딱 하나만 들어줄게."

유메는 이불 밖으로 눈언저리까지만 내밀더니, 잘 안 들리는 목소리로 중얼거렸다.

"……멋대로 어디 가버리지 마."

……저녁에 뭘 먹고 싶은 건지 물어본 건데 말이야.

뭐, 됐어.

"그 정도는 식은 죽 먹기야."

재작년과는 달리…….

여기는, 내 집이기도 하거든.

전 여친은 꿈속에서 쭉 기다린다
"내가 지금, 대체 무슨 짓을……?!"

이제 와서는 젊은 날의 치기라고 말할 수밖에 없겠지만, 중학교 2학년 때부터 중학교 3학년 때까지 나에게는 소위 남친이라 부르는 존재가 있었다.

왜 그런 미친 짓을 저지른 거냐면, 당시의 내가 우는 애도 울음을 뚝 그치는 슈퍼 음침녀였다는 것이 원인의 대부분을 차지한다고 말할 수밖에 없다. 멀쩡한 여자애라면 그딴 남자가 멋지다고 생각할 리가 없는 것이다.

당시의 내가 얼마나 음침했는지를 알려주는 에피소드 중에는 이런 것이 있다.

그건 중학교 2학년 2학기, 중간고사 직전의 일이었던 것으로 기억한다. 나와 그 남자는 혐오스럽기 그지없게도, 도서관에서, 단둘이, 러브러브와 시험공부에 힘쓰고 있었다. 지옥의 수험 공부를 하며 한 단계 도약한 지금의 내가 평가하자면, 그딴 것은 공부가 아니다. 공부라는 형태를 빌린 발정행위, 즉 매미 울음이나 다름없다.

교제 한 달 차였던 나는 맴맴 하고 울지는 않았지만, 두근두근하고 가슴이 격렬하게 두방망이질 쳤다.

이 도서관에서만이 아니라, 당시의 나는 어디서나 이랬다. —즉, 발정기였다. 그래서일까. 나는 이때, 어떤 실수를 범했다.

—아…….

공책 옆에 놓여 있던 지우개가 팔에 닿아서 떨어지고 말았다. 지우개란 것은 이레귤러적인 바운드를 했고— 불규칙적으로 굴러간 그것은 추적의 손길에서 완전히 벗어났다.

나는 책상 아래를 살폈지만, 지우개를 찾지 못했다. 지우개 자체는 꽤 조그마해진 상태이기도 했기에, 수색 중단을 피할 수 없는 사태였다.

딱히 아쉬운 건 아니지만, 나는 왠지 한숨이 입에서 나올 것만 같았다.

……바로 그때, 마치 기다렸다는 듯한 타이밍에, 옆에 있는 이가 지우개를 내밀었다.

—두 개니까, 한 개 줄게.

무방비함에 있어서는 어깨를 나란히 할 자가 없었던 당시의 나는 딱히 상냥하다고도 할 수 없는 그 말에 볼을 붉히면서 고개를 끄덕인 후, 머뭇거리며 지우개를 건네받았다.

……자.

여기까지라면 그저 평범한, 기억이 남는 게 오히려 이상한 일상 에피소드에 지나지 않을 것이다. 하지만 당시의 내 음침함은 그 이후에 발휘됐다.

그날.

집에 돌아간 나는.

받은 지우개를.

열쇠가 달린 상자에 넣어서 보관했다!

그렇다— 이 말로 형용하기 힘든 음침녀는, 그 지우개를, 『처음으로 남친에게 받은 선물』로 카운트한 것이다!

이보세요 이보세요 이보세요. 아무리 그 남자라도, 지우개 따위는 여친에게 줄 선물로 삼을 만큼 노망나지는 않았다. 아침 국민 체조의 참가 경품도 아니고, 그것은 흔히 유통되는 물자이며, 연인에게주는 선물 같은 요소는 눈곱만큼도 없다.

하지만 당시의 나에게는 그런 상식이 통하지 않았다.

나는 밤이면 밤마다, 그 지우개를 신의 하사품처럼 떠받들며 히죽거리는 사이비 종교의식 같은 짓을 되풀이했다.

그 남자도 당시에는 사고회로가 꽤 고장 나 있었지만, 그런 내 모습을 봤다면 바로 질려버렸을 게 틀림없다. 온몸에서 위험한 분위기가 샘솟고 있었다. 지뢰녀란 말의 본보기로, 당시의 나를 뽑고 싶을 지경이다.

무시무시하게도, 나는 그 이후로도 그 남자의 물건을 손에 넣을 때마다 그 상자에 보관했다. 그렇게 하면, 자택에서도 그 남자가 곁에 있는 듯한 느낌이 들었다.

1년 6개월 후에 본인이 벽 하나 너머에 항상 존재하게 된다는 것을 알았다면, 당시의 나는 오줌을 지리며 죽어버렸을 것이다. 공포가 아니라 흥분 때문에 말이다. 당시의 나는 그 정도로 무시무시한 음침함을 지니고 있었다.

그런 모독적 수집 버릇은 이사를 하면서 그 상자와 함께 봉인했다.

하지만, 나는 눈치채지 못했다.

봉인은 결국, 봉인에 지나지 않는다.

봉인되었을 뿐인 것은 사소한 계기로 다시 깨어날 수 있다는 것을 말이다.

—죽은 음침녀, 꿈꾸며 때를 기다리고 있노라.

◆

그날 밤, 내 인생에서 손꼽힐 만큼 추잡한 일에 관해, 나는 나 자신에게 절대적인 침묵을 강요하고 있다. 하지만 초침이 가면 갈수록 부풀어 오르는 형용하기 힘든 불안감은 금방이라도 내 안에서 터져 나오려 하고 있었고, 오늘 밤에라도 임계점에 돌입하리라는 것은 쉬이 상상이 됐다. 부디 그날 밤에 자신을 삼켰던 광기를 객관시함으로써 이 불안을 떨쳐낼 수 있기를 바라며, 나는 여기에 그 기록을 남기려 한다.

팬티가 있었다.

……잠깐만. 아직 상상하지 마. 내 팬티가 아냐. 남성용 트렁크 팬티란 말이야!

잠자리에 들 준비를 하려고 세면 탈의실에 들어선 내 눈에 그것이 자연스럽게 들어왔다. 빨래 바구니에 쌓여 있는 옷가지 안에서, 촉수처럼 튀어나와 있는, 트렁크 팬티 자락— 목욕 순서를 생각하면 그것은 내 의붓동생인 이리도 미즈토의 것이 틀림없다.

"……뭐, 딱히 신경 쓸 일은 아니지만 말이야."

먼저 목욕한 사람의 속옷이 빨래 바구니에 들어 있다. 전혀 이상하지 않다. 의식할 가치조차 없는 흔하디흔한 정보다.

나는 태연히 탈의실 안에 들어갔다. 그리고 태연히 세면대로 향해서 태연히 이를 닦았다.

머릿속으로는, 그럴 생각이었다.

—하지만, 그 순간의 내 심리는 범상치 않은 광기에 오염되어 있었다.

나는, 무의식적으로 빨래 바구니에 다가가서…….

무의식적으로 팬티를 꺼내더니…….

무의식적으로 그 팬티를 응시했다.

……이리도가 오늘 온종일 입었던 속옷…….

"—헉?!"

내가 지금, 대체 무슨 짓을……?! 왜 의붓동생의 팬티를 양손으로 움켜쥐고 있는 거지?! 몇 초 동안의 기억이 없어! 오오, 신이시여!

구역질이 날 듯한 공포에 사로잡힌 나는 그 추잡한 팬티를 빨래 바구니에 다시 집어넣으려 했다. 이 장면을 누가, 특히 그 남자가 보기라도 했다간—.

"—어?"

"앗."

핏기가 가시는 것이 느껴졌다.

복도로 이어지는 문이 열리더니 미즈토가 모습을 드러낸 것이다.

나는 경이적인 반사신경을 발휘해, 쥐고 있던 그 추잡한 팬티를 등 뒤로 숨겼다. 크, 큰일 날 뻔 했네!

"누가 있었구나. 기척이 없어서 아무도 없나 했어."

"……그, 그래? 오감이 둔해진 것 아냐?"

음침녀 시절에 갈고닦았던 스킬이 자동 발동되면서, 무의식적으로 기척을 숨기고 만 것 같았다. 괜한 짓 좀 하지 마! 내 기척이 느껴졌다면, 이 남자도 안 들어왔을지도 모르잖아!

미즈토는 미심쩍다는 듯이 미간을 살짝 찌푸리며 나를 쳐다보았다.

"그런데 거기서 뭐 하는 거야?"

—아차!

나는 현재, 세면대와 떨어진 곳에 있는 빨래 바구니 앞에서 있었다. 적당히 앞뒤가 맞는 변명거리를……!

"……스, 스마트폰을…… 그래, 스마트폰을! 빨려던 옷 안에 넣어뒀거든!"

"흐음……?"

나이스, 나! 파인 플레이!

나의 완벽하고 논리적인 설명을, 미즈토는 전혀 의심하지 않는 것 같았다. 그리고는 세면대로 향하더니 자신의 칫솔을 손에 쥐었다.

이 틈에 추잡한 팬티를 다시 빨래 바구니에 넣을까 했지만, 절망적이게도 세면대 거울에 빨래 바구니가 비치고 있었다. 게다가 이 남자는 거울 너머로 나를 지그시 쳐다보고 있었다. 신은 대체 나를 얼마나 시험할 작정인 걸까.

"……뭐, 뭘 쳐다보는 거야. 내 잠옷 차림을 보고 흥분한 거야?"

말하자마자 상대방이 긍정하면 어쩌나 하며 초조해했지만, 다행히도 미즈토는 퉁명한 어조로 이렇게 답했다.

"그런 거 아냐. 네가 계속 나를 쳐다보기에, 사람이 이 닦는 모습에 흥분하는 성적 취향을 지녔나 하고 생각했을 뿐이라고."

성적 취향, 이란 말을 듣고 등 뒤에 감춘 추잡한 팬티를 떠올린 나는 심장이 터질 듯이 뛰었다. 하지만, 그런 속내를 겨우겨우 표정에 드러내지 않았다.

"……설령 내가 그런 취향이더라도, 너를 상대로 흥분할 리가 없거든?"

"그거 다행이네."

미즈토는 이를 닦기 시작했다. 딱히 흥분한 건 아니지만, 이 남자가 잠옷 차림으로 이를 닦는 모습을 매일 같이 당연한 듯이 볼 수 있는 환경에 있다는 사실에 불가사의한 느낌을 받았다.

"……저기."

미즈토는 이를 다 닦은 후, 나를 돌아보았다.

"스마트폰, 아직 못 찾았어? 내가 도와줄 수도 있는데—."

"뭐? 어, 아, 아냐, 괜찮아! 진짜로 괜찮아! 찾았거든!"

미즈토가 다가오려고 하자, 나는 허둥지둥 호주머니에 들어 있던 스마트폰을 꺼내서 보여줬다. 다른 한 손에 쥔 추잡한 물건을 발각당했다간, 내 인생은 끝이다!

"……그래. 그럼 너도 빨리 자. 나도 이만 방으로 돌아갈 거야."

"으, 응. 맞아. 그래야겠네. 수면 부족은 피부에 안 좋거든."

크으……! 이렇게 되면 일시 퇴각하는 수밖에 없다.

나는 어쩔 수 없이 추잡한 천조각을 호주머니에 넣은 후, 미즈토와 함께 세면 탈의실을 나섰다. 그리고 눈에 보이지 않는 무언가로부터 도망치듯 내 방에 틀어박혔다.

……어쩌지.

내 침대 위에, 그로테스크하면서도 어딘가 불길한 매력을 뿜는 트렁크 팬티를 펼쳐둔 나는 어찌할 바를 모르겠다는 표정을 지었다.

아니, 돌려놓으면 된다. 빨래 바구니 안에 말이다. 가족들 모두가 잠들었을 때라면, 아무한테도 들키지 않을 것이다. 하지만, 문제는—.

나는 옆방과 사이에 있는 벽을 쳐다보았다.

그 남자는 야행성이다. 그런 생활 리듬으로, 용케 매일 아침 나와의 약속 시간에 나타났다는 생각이 들 정도다. …… 당시에는 꽤 무리했을지도 모른다.

아무튼— 가져다 놓을 기회가 언제 찾아올지, 알 수가 없는 것이다. 그게 자정일지, 한 시일지, 두 시일지 알 수 없다.

하아, 정말, 나는 빨리 자고 싶단 말이야!

하지만 의붓동생의 팬티를 가지고 자는 건 남매로서의 선만이 아니라 인간으로서의 선마저 왕창 뛰어넘는 짓이라는 생각이 들어서, 내일로 미룰 마음이 전혀 들지 않았다.

……기다릴 수밖에 없다.

읽다 만 책을 펼친 나는 옆방에서 들리는 소리에 귀를 기울였다. 때때로 바쁘게 방안을 걸어 다니는 소리가 들렸다. 왜 저렇게 방 안에서 바삐 걸어 다니는 걸까.

정신을 집중할 수가 없었다. 옆방의 기척을 계속 신경 쓰느라 그런 거겠지만, 현재 내 방에 저 남자의 속옷이 있다는 상황 자체가 내 의식을 흐트러뜨리고 있었다.

옆에 있는 추잡한 팬티를, 나는 별생각 없이 쳐다보았다.

……여기는, 내 방…….

나 말고는, 아무도 없어…….

……내가 무슨 짓을, ……하든, 아무도…….

"……………………."

이 순간, 악마의 무시무시한 손이 내 마음을 움켜쥐었다.

나는 침대에 드러누웠다. 왠지 피곤해서 드러누웠을 뿐, 다른 의미는 없다. 얼굴 바로 옆에 그 남자의 팬티가 있는 것도 어디까지나 우연이다. 즉, 팬티 쪽으로 코를 내미는 것도— 아아, 가슴이 뛴다. 부정맥일까? 딱히 흥분할 일도 없는데 말이다. 이렇게 심장이 빠르게 뛰는 걸 보면, 병에 걸린 걸지도 모른다. 뭐, 좀 있으면 나을 것이다. 그렇다. 심호흡이라도 하며 마음을 진정시키면—.

킁킁.

"——헉?!"

들이마신 공기가 폐부로 전해지자, 나는 정신을 차렸다.

또…… 또 기억이 사라졌어! 진짜로 사라졌단 말이야! 단

편적으로도 남아있지 않아~!

"…………오오오오오오…………."

나는 이불 안에 들어가서, 태아처럼 몸을 동그랗게 말았다.

머리를 감싸 쥐었다.

죽고 싶어졌다.

이래서야 마치 욕구불만인 비인기녀 같잖아……! 음침녀 같은 건 이미 졸업했어! 지금의 나는 학생들의 인기를 독차지하고 있는 슈퍼 인기 큐트 걸이야!

저 남자가 팬티를 그런 데다 둔 게 문제다. 무심코 1년 전의 내가 눈을 뜨고 말았다. 평범한 지우개를 떠받들던, 증오스러운 사이비 교도가……!

……만약, 이 일을, 그 남자가 안다면…….

예의 남매 룰을 어마어마하게 위반한 게 된다. 논의의 여지도, 집행유예도 없이 즉각 유죄. 나는 그 남자의 동생이 될 수밖에 없으며…… 결국…… 결국……!

『—여어, 의붓오빠의 팬티를 훔친 변태 동생. 원하는 게 있으면 말해. 뭘 어떻게 해줬으면 하는데?』

『나, 나는…… 변태가……!』

『흐음~? 속옷을 훔치는 것도, 지우개를 보물상자에 보관하는 것도 변태 행위가 아니라는 거야? 그럼 이것도 평범한 짓이네!』

『아, 안 돼…… 이리도……!』

『오빠라고 불러! 이 변태 동생아!』

『오, 오빠— 아앙~!』

그 환각이 남들에게 말할 수 없는 상황에 돌입한 순간, 나는 이불을 걷어찼다.

이…… 이대로 있다간, 나는 미쳐버리고 말 거야! 괴기스러운 수기만 남긴 채, 의문의 죽음을 맞이하고 말아!

그 남자가 잠들 때까지 기다릴 상황이 아니다. 이딴 건, 빨리 제자리에 가져다 두자!

나는 추잡한 팬티를 움켜쥔 후, 침대 밖으로 발을 내밀었다.

바로 그때였다.

철컥, 옆방의 문이 열리는 소리가 들렸다.

"…………어?"

귀를 기울이자, 계단을 내려가는 발소리가 들렸다.

시계를 확인했다. 이미 날짜가 바뀌었다. 이렇게 늦은 시간에, 대체 뭘……?

……기회, 일까?

만약 편의점에라도 가는 거라면, 이보다 좋은 기회는 없다.

아무튼, 그 남자의 행동을 확인하도록 할까…….

나는 추잡한 팬티를 잠옷 호주머니에 집어넣은 후, 슬그머니 복도로 나갔다.

계단 아래를 내려다보니, 칠흑 같은 어둠이 밤바다처럼 광활하게 깔려 있을 뿐이었다.

어디에 간 걸까……?

한 계단, 한 계단, 신중하게 내려갔다. 깊은 어둠 안에서 금방이라도 미즈토가 얼굴을 내밀 것만 같은, 그런 격렬한 긴장감이 온몸을 휘감았다. 그때는 화장실에 가는 길이라고 말하면 된다. 나는 그렇게 되뇐 후, 1층 복도에 내려섰다.

거실에는, 아무도 없다. 화장실에서도 불빛은 새어 나오지 않는다. 현관문이 열리는 소리도 안 들렸다.

……그렇, 다면?

세면 탈의실 안에서 기척이 느껴졌다. 나는 허둥지둥 어두운 거실로 도망쳤다.

그대로 숨을 죽이고 있을 때, 미즈토의 그림자가 어둠 속에 떠올랐다.

거실에서 얼굴을 내밀어서 상황을 살피니, 미즈토는 발소리를 죽이며 살금살금 계단으로 향했다.

우리 부모님은 신혼이기 때문에, 밤에는 가능한 한 소음을 내지 않으려 했다. 그래서 발소리를 죽인 걸까. 아니면 다른 이유가 있는 걸까……?

미즈토의 모습이 천천히, 계단 위편에 감도는 어둠 속으로…… 사라졌다.

무슨 일인지는 모르겠지만, 이건 기회다. 지금이라면 저 남자에게 들키지 않을 것이다.

나는 살금살금 탈의실에 들어갔다. 아무것도 보이지 않았기에, 불을 켰다.

환해진 탈의실 안에 아무도 없다는 사실을 알고, 나는 안도의 한숨을 내쉬었다. 이제 드디어 어깨의 짐을 내릴 수 있다…….

—내 심층 의식에 봉인되어 있는 음침녀. 네가 해방될 일은 두 번 다시 없을 거야.

나는 마음속으로 굳게 맹세하며, 세탁기 옆에 있는 빨래 바구니에 다가갔다.

"……어?"

바로 그때, 불길한 감각이 내 등골을 미친 듯이 꿰뚫고 지나갔다.

빨래 바구니는 두 개 존재했다. 엄마가 딸인 나를 배려해서, 여성용 바구니와 남성용 바구니를 따로 둔 것이다.

그 중, 여성용 바구니.

악마의 제단처럼 옷가지가 쌓여 있는 그 바구니의 꼭대기에, 내 시선은 고정되어 있었다. 거기 있는 것이, 나에게, 가능하면 알고 싶지 않았던, 경이적이고 무시무시한 사실을, 강제적으로 시사하고 있었던 것이다.

—브래지어다.

디자인과 사이즈로 볼 때…… 내 브래지어가, 틀림없다.

"…………."

나는 벗은 옷을 바구니에 넣을 때, 항상 옷가지로 속옷을 감싸둔다.

왜냐하면…… 그 남자가 내 속옷을 보는 게 싫어서다.

그리고 그 남자도 마찬가지다. 지금 내가 손에 쥐고 있는 이것 또한, 처음에는 옷가지 사이에 파묻혀 있었다.

자기 속옷을 남들 눈에 띄게 두는 인간은, 이 집에 없다.

그렇다면…….

왜 지금, 내 브래지어가 이렇게 당당히 꼭대기에 놓여 있는 걸까?

"……………………."

나는 아무 말 없이, 들고 있던 팬티를 남성용 빨래 바구니에 집어넣었다.

……쌓여 있는 옷가지의 꼭대기에, 팬티 한 장이, 펄럭이며 떨어졌다.

생각났다.

오늘, 볼일이 있어 세면 탈의실에 들어왔을 때, 마침 그 남자가 목욕을 마치고 나온 직후였다. 이미 옷을 입고 있어서 별생각 없이 넘어갔지만— 지금 생각해보니 내가 나타난 순간, 그 남자의 가느다란 어깨가 화들짝 놀란 것처럼 떨렸던 것 같은데……?

그리고, 마치 뭔가를 숨기듯, 손을 등 뒤로 돌린 것 같은데?

"……………………."

나는 세면 탈의실을 나선 후, 복도를 통해 계단을 올라갔다. 그리고 2층 복도를 나아간 후, 문을 열었다.
내 방의 문이 아니다.
미즈토가 지내는 방의 문을 연 것이다.
"어? ……뭐, 뭐야? 노크도 안 하고, 이 한밤중에……."
미즈토는 놀란 표정으로 나를 돌아보았다.
남자치고는 어깨선이 부드러워서, 털실 카디건이 묘하게 잘 어울렸다. 하지만 내 가슴 속에는 저 가녀린 몸에 퍼붓고 싶은 말이 소용돌이치고 있었다.
"으……! 윽~~~~~!"
하지만…… 결국 목에서는 아무 말도 나오지 않았다.
하고 싶은 말이 너무 많아서 혀가 돌아가지 않았고, 그저 얼굴만 벌게졌다.
"……진짜로 왜 그러는 거야? 한밤중에 남의 방에 찾아와서, 얼굴이나 붉히고 말이야. 대체 무슨 기행—."
"—빨래 바구니."
내 입에서 겨우겨우, 그 말이 튀어나왔다.
"빨래 바구니, 보고 와. 그럼, 알 수 있어."
"뭐……."
미즈토는 세상이 끝난 듯한 표정을 지었다.
자기가 한 짓을 들켰다고 생각한 것이리라— 그런 표정을 보니 기분이 썩 좋았지만, 유감스럽게도 나는 순진하게 기뻐할 처지가 아니었다.

내가 옆으로 비켜서자, 미즈토는 터벅터벅 방을 나선 후에 계단을 내려갔다.

그리고 30초도 지나기 전에, 갈 때의 곱절은 될 듯한 속도로 되돌아왔다.

"이익……! 큭……!"

미즈토는 시뻘개진 얼굴로 나에게 무슨 말을 하려 했지만, 전혀 알아들을 수가 없었다. 거봐, 너도 마찬가지지?

기다리는 동안 마음이 조금 진정된 나는 엄숙한 어조로 선언했다.

"지금 바로, 가족회의를 하자."

서로의 영역에서 회의를 가지는 것을 거부한 우리는, 한밤중의 거실을 회의장으로 삼았다.

L자 모양 소파의 모퉁이에 미즈토가 앉았고, 거기서 엉덩이 세 개 정도 떨어진 장소에 내가 앉았다.

얼굴을 보면 마음이 진정되지 않을 테고, 나란히 앉는 건 말도 안 된다. 그러니 이런 위치를 선택할 수밖에 없었다.

"……선공과, 후공을 정하자."

나는 정면에 있는 텔레비전을 노려보며, 억눌린 목소리로 말했다.

1층 침실에서는 어른들이 자고 있다. 아직 잠들지 않았을

지도 모르지만, 어쨌든 간에 조용히 해야만 한다. 언성을 높이지 않는 것을, 우리는 이 회의에서의 유일한 룰로 설정했다.

"……알았어. 어떻게 정할까?"

"그냥 가위바위보로 정하자."

"이긴 쪽이 선공이야?"

"진 쪽이 선공인 걸로 해."

"……그래. 그럼 가위바위—."

세 번에 걸친 무승부 끝에, 진 사람은 나였다.

선공, 나.

변명을 시작했다.

"어쩔 수 없었어!!"

"대뜸 언성 높이지 마, 이 바보야!"

아차.

우리는 복도로 얼굴을 내밀어서 침실 쪽을 살폈다. 어른들이 나오는 듯한 기척은 없었다.

다시 소파로 돌아간 나는 변명을 시작했다.

"……진짜로 어쩔 수 없었단 말이야. 그건 내 안에 잠들어 있는 또 다른 내가 한 짓이야. 나는 잘못 없어."

"부탁인데, 좀 제대로 된 변명을 해주지 않겠어?"

"음침녀 시절로 선조회귀를 했을 뿐이야……! 평소의 나라면, 네 팬티 따위를……!"

"음침녀 시절이라. 마치 중2 때의 너라면 내 팬티를 훔치고도 남을 거란 소리처럼 들리네. 그렇게 말하는 이유가 있는 거야?"

"아."

아차……. 이래선 중2 때의 흑역사까지 설명해야……!

"……그, 그것도 이야기해야 하는 거야……?"

"당연하지. 이렇게 됐으니 아무것도 숨기지 말자. 철저하게 서로의 약점을 드러내자고."

"으으으으……! ……지, 질리지 마."

"이미 충분히 질렸으니 그런 걱정하지 마."

"진짜지? 나중에 시치미 떼지 마……!"

체념한 나는 내 옛날 모독적 행위를 전부 실토했다.

즉, 당신한테 받은 지우개와 동전까지 전부 다 보물상자에 넣어서 보관해왔습니다, 하고 말이다.

이건 고문이야……. 겨우 봉인했던 흑역사인데, 당사자 앞에서 이렇게 내 입으로 폭로해야 한다니……. 사악한 신이 나타나서 모든 것을 어둠 속에 묻어줬으면 좋겠다.

"……그래서, 그때 그 수집 버릇이 갑자기 재발했다고나 할까……."

옆을 힐끔 쳐다보니, 미즈토가 고개를 돌리고 있었다. 입가를 손으로 가린 채, 어깨를 희미하게 떨고 있었다.

아, 이 남자……!

"지, 질리지 말라고 했잖아!"
"아, 아니…… 그래도……."
미즈토는 나를 힐끔 쳐다본 후, 또 고개를 돌렸다.
으, 으으윽……! 상처를 받으면 될까, 부끄러워하면 될까, 화내면 될까. 감정의 갈피를 잡지 못한 채, 나는 허둥지둥 미즈토를 향해 따지듯 말했다.
"저, 전부 옛날이야기야! 지금은 그렇지 않아!"
"으, 응, 알아. 안다고."
"나를 쳐다보며 그런 소리 해……!"
"싫어."
바로 거절당했다. 그렇게 내 얼굴이 보기 싫은 걸까. 그래. 역겨운 음침녀라 참 죄송합니다!
그렇게 생각하며 토라지려던 순간, 미즈토의 귀가 빨개졌다는 것을 눈치챘다. ……으음.
"…………혹시, 멋쩍어하는 거야?"
"…………그렇지 않아."
"기, 기쁜 거야……? 내가 네 지우개나 동전 같은 걸 모은 게……?"
"기쁠 리가 없잖아. 역겨워. 역겹다고."
"그럼 내 얼굴을 쳐다보란 말이야!"
"싫다고!"
미즈토는 고집을 부리며 고개를 계속 돌리고 있었다. 하아, 정말……! 나까지 얼굴이 달아오르려고 해!

나는 손으로 부채질을 해서 얼굴을 냉각시켰다. 괜한 짓거리는 하지 말아야 한다. 내가 아직도 이 남자를 좋아한다 같은, 생각조차 하기 싫은 착각을 상대방에게 하게 만드는 것만은 피해야 한다.

"그건 그렇고……."

미즈토는 고개를 돌린 채, 이야기를 돌리려는 것처럼 말했다.

"용케도 솔직하게 털어놓기로 마음먹었네. 자기가 한 일은 대충 얼버무리고, 나만 일방적으로 비난하는 것도 가능한데 말이야."

"…………아."

"어?"

미즈토는 미심쩍은 표정으로 나를 쳐다보았다. 그러자 이번에는 내가 고개를 돌렸다.

"……방금, 그런 방법이 있었네, 하고 생각했지?"

"…………새, 생각 안 했어……. 나는, 그래, 어디까지나 페어플레이 정신—."

"실은 나한테 알려지고 싶었던 것 아냐? 이렇게 됐으니 솔직하게 털어놔 봐. 나에게 자신의 변태성을 밝히고 싶었던 거지? 안 그래?"

"다음은 네 차례야!"

왜 이 남자는 이렇게 내 망상을 꿰뚫어 본 듯한 발언을 하는 거야! 텔레파시라도 할 수 있는 거 아냐?!

미즈토는 인상을 찡그리며 작게 혀를 찼다. 위험했다. 은근슬쩍 자기변명 타임을 스킵하고 지나갈 생각이었던 건가.

절대 놓치지 않겠다는 듯이 노려보자, 미즈토는 겸연쩍은 듯이 「그, 래……」 하고 중얼거리며 이야기를 시작했다.

"저기, 내 말이…… 믿기지 않을지도 모르지만……."

"평소에도 네 말은 딱히 믿지 않으니까 그런 걱정 할 필요 없거든?"

"…………바닥에 떨어져 있던 걸, 주웠어."

"……………………."

나는 뻔뻔하기 그지없는 얼굴을 노려보았다.

"……비겁해. 비겁하단 말이야! 아무리 변명이라도, 너만 그런 우연……!"

"아니, 진짜란 말이야……! 바구니 앞에 떨어져 있었어! 그걸 주워서 다시 바구니에 넣으려고 했었는데, 네가 들어와서……!"

"철저하게 서로의 약점을 털어놓기로 했지? 그냥 인정하는 게 어때? 이번만은 용서해줄게. 빨리 말해! 내 브래지어를 보고 흥분했다고 말이야!"

"누가……!! …………누가……."

미즈토는 또 고개를 돌렸다.

……저, 저기 말이야. 이 타이밍에 부정해주지 않으면, 곤란, 한데…….

“아, 아니, 흥분 같은 건 안 했어. 결단코 안 했거든? 그저, 저기, 좀…….”

“……좀?”

“…………생각했던 것보다 크네, 하고…………”

“……아………… 으…… 으……!”

나는 독설을 퍼부어주려고 입을 벌렸지만, 아무 말도 나오지 않았다.

……아아아아아앗! 왜 나만 이렇게 부끄러운 일을 겪어야 하는 건데?!

확실히 이 남자와 사귀던 시절에 비해 가슴이 커지긴 했으니까, 의외라고 생각할 수도 있겠지만— 어, 잠깐만 있어봐.

왜, 내 가슴 사이즈를 아는 거야……? 왜 브래지어만 보고, 내 가슴이 중학교 때보다 커졌다는 걸 눈치챈 건데?

……이 남자, 중학생 시절에 내 가슴을 얼마나 쳐다본 거야?

“……너, 너…… 내, 내 브래지어로, 이, 이상한 짓, 한 건 아니지……?!”

“…………어떤 이상한 짓 말이야?”

“그, 그게…….”

상대가 토라진 듯한 투로 그렇게 되묻자, 나는 말문이 막히고 말았다.

"걱정하지 마. 내 방과 탈의실을 왕복했을 뿐이야— 그것 말고는 맹세코 아무 짓도 안 했어."

"……정말?"

"정말이야."

"컵 부분을 손가락으로 눌러보지도 않은 거야?"

"…………정말이야."

"방금 잠시 뜸을 들이지 않았어?!"

"정말로……!"

미즈토는 높아지려던 목소리 톤을 억지로 누른 후, 가볍게 숨을 내쉬며 말을 이었다.

"……네가 그렇게까지 물으니 나도 묻겠는데 말이야. 너도 내 팬티 가지고 이상한 짓 안 했지? 냄새를 맡는다거나……."

"……으윽……."

기억이 없습니다.

"…………이제 알았지? 이 건에 대해선 서로가 언터처블이야."

"…………응. 아무래도 그편이 좋겠어."

이 남자와 의견이 일치하는 날이 올 줄이야. 역시, 속옷은 대단해. 인류가 창조한 세기의 발명품다워.

자, 서로가 변명을 늘어놨다. 이제 남은 건—.

"……그건 그렇고, 미즈토 씨?"

"……왜 그래? 유메 양."

"이건 말이야. ……완벽한 아웃 맞지?"

"예의 룰 말이구나. 알아."

평범한 남매는 서로의 속옷을 훔치지 않는다. 아마도…….

"이제부터는 거래 타임이야. ……자, 동생에게 뭘 시켜볼까~."

"이 망할 누나. 비겼다고 봐줄 거란 생각하지 마."

그로부터 격렬한 회의가 이어진 결과, 결국『서로가 미풍양속에 저촉되지 않는 범위에서 상대방 에게 명령을 내릴 수 있다』라는 시원치 않은 결론에 도달하며 종료됐다.

"……으응……."

의식이 깨어나기 시작하면서, 베고 있던 베개에서 위화감을 느낀 나는 머리를 움직여봤다.

이게 뭐지……. 딱딱한 데도 묘하게 기분 좋고…… 좋은 향기가 나는 것도 아닌데 가슴을 뛰게 하는…….

"……으응……."

나는 잠이 덜 깬 상태에서 몸을 뒤집은 후, 그 베개에 얼굴을 묻었다.

……아, 맞아.

이 베개…… 그 팬티와, 비슷한 향기가 나네…….

"……으으응……?"

그 팬티와…… 비슷한 향기?

그 생각이 머릿속을 스친 순간, 의식이 맑아졌다.

나는 머뭇거리며, 눈을 떴다.

그제야, 나는 현재 상황을 인식했다.

"……………………."

나는…… 소파 위에서 자고 있었다.

미즈토의 무릎을 베개 삼아서 말이다.

즉, 무릎베개를 베고 있었다.

"……………………."

사고회로가 정지된 가운데, 잠들기 직전의 기억이 떠올랐다.

나는 속옷 건으로 이 남자와 가족회의를 가졌다— 그리고?

방에 돌아간 기억이 없다.

혹시…… 여기서 잠들어버린 걸까……?

나는 천천히 몸을 일으켰다.

몸에 걸쳐져 있던 털실 카디건이 흘러내렸다. ……나는 이런 걸 걸치지 않았다. 이건…… 그렇다. 미즈토가 걸치고 있던 카디건이다.

봄이라고는 해도 밤에는 춥다. 잠들어버린 나에게, 이 남자가 자기 카디건을 덮어준 걸까……?

미즈토는 앉은 채 잠들어 있었다. 내가 그의 무릎을 베개 삼은 바람에, 그럴 수밖에 없었던 걸지도 모른다.

……나에게 상의를 벗어줬으니, 추웠을 텐데 말이다.

빚은 갚아주자. 나는 바닥에 떨어진 카디건을 주워서, 곤히 잠든 미즈토에게 덮어줬다.

바로 그 순간— 그의 입이 희미하게 움직였다.

"…………아야이…………."

심장이 뛰었다.

……정말……. 누구와의 언제 꿈을 꾸고 있는 거야. 미련이 철철 넘쳐흐르잖아.

그래도, 뭐…… 꿈을 꾸는 것 정도는, 관대하게 넘어가 줘야지.

"후훗."

그 순간, 미즈토가 눈을 떴다.

"좋은 아침."

"…………윽?!"

나는 아연실색하며 얼어붙었다.

미즈토는 내 코앞에서 심술궂은 미소를 지었다.

"아침부터 기분이 참 좋아 보이는걸. 내가 네 옛 성을 잠꼬대 삼아 중얼거린 게 그렇게 기뻤던 거야?"

…………이, ……이, 남자……!!

"바, 방금 그건 아웃 아냐?! 『남매는 서로를 성으로 부르지 않는다』라면서?!"

"나는 중2 때 클래스메이트의 이름을 불렀을 뿐이야. 혹시 내가 입에 담은 이름이 너한테는 특별한 의미가 있기라도 한 거야?"

지, 진짜 한 마디를 지지 않네……! 으으으……!

"얼굴 붉히지 마. 부끄러워하는 건지, 화난 건지 모르겠지만 말이야. ……이건 복수야. 불평을 들을 이유는 없어."

"복수……?! 내가 너한테 무슨 짓을 했다고……!"

"자. 알고 싶으면 자기가 잠자는 모습을 촬영해두는 게 어때?"

미즈토는 그렇게 말한 후, 목을 풀었다.

"부모님이 일어날 시간이 다 됐네. 오늘도 사이좋은 남매가 되어보자고, 동생아."

"……누나라고 말했지? 그런 사소한 일에 집착하는 면이 딱 질색이었어."

"그 말 그대로 너한테 돌려주지."

그런 심술궂은 소리를 한 미즈토는 갑자기 「아니지」 하고 말하며 방금 자기가 한 말을 부정했다.

"그렇게 질색이라고 말해주는 점만큼은 좋아해. ……착각하지 않아도 되거든."

"……착각?"

"지금의 우리에겐, 지금의 우리 생활이 있다는 거야. 각자가 하고 싶은 대로 하며 살자. 서로에게 폐가 되지 않는 범위에서 말이지."

지금도, 옛날에도, 너는 독서 말고는 아무것도 안 하잖아. 데이트 신청도 항상 내가 했어. 그런 면이 딱 질색이었다니깐.

하지만, 방금 그 말은 일리가 있단 생각이 들었다.

지금은 지금. 옛날은 옛날.

지우개 따위를 소중히 여겼던 건, 어디까지나 옛날의 나였고— 이 남자의 여친이었던 것도, 어디까지나 옛날의 나다.

◆

이리하여, 우리는 비교적 평화적으로 그 무시무시한 밤에 마침표를 찍었다.

결국 이것 또한 바보 같은 남녀가 두 명 있었던 것에 지나지 않을지도 모른다. 나에게 있어 추잡한 일이란 과연 어떤 걸까.

약간의 각색이 더해진 회상을 마친 나는 현재 하교 도중이다. 집에 가는 길에 서점에 들를 생각으로 카라스마 거리를 따라 모퉁에서 오른쪽으로 돌았다. 그리고 잠시 나아가자, 목적지인 대형 서점이 있는 빌딩이 버스 정류장 앞에 세워져 있었다.

서점은 2층에 있으며, 1층은 모 유명 햄버거 가게가 있다. 양쪽 다 우리 학교 학생이 많이 이용하며, 현재 가게 안에는 나와 같은 교복을 입은 이들이 드문드문 보였다.

그 남자와도 같이 온 적이 있었지. 2층의 서점에서 산 책을 여기서 읽으며 두런두런 이야기를 나누다가, 클래스메이트와 마주칠 뻔하기도 했어—.

그런 생각을 하며 2층으로 이어지는 에스컬레이터로 향한, 바로 그때였다.

—내 눈에, 믿기 힘들 지옥 같은 광경이 들어왔다.

1층 햄버거 가게. 학생들로 북적이는 가게 안. 그들 사이에…….

내 의붓동생과— 마치 과거의 나를 연상케 하는 검은색 양 갈래 머리카락의 여자애가 나란히 앉아 있었다.

—각자가 하고 싶은 대로 하며 살자. 서로에게 폐가 되지 않는 범위에서 말이지.

"…………어어어어어어어어엇~~~~~~~?!!!!!!"

하고 싶은 데로 하며 살자는 게, 이런 의미였어?!

전 연인은 ■ ■ ■ 한다 〈전〉
"저와, 결혼을 전제로 사귀어 주세요."

◆ 미즈토 ◆

내가 그 여자에게 일어난 모든 일을 알지 못하듯, 그 여자도 나한테 일어난 모든 일을 알 리가 없다. 어찌 보면 당연한 일 같지만, 나처럼 행동 패턴이 얼마 안 되는 녀석한테는 잊기 쉬운 일이다. 물리적 거리가 가까우면 더욱 그렇다. 이 녀석에 대해 뭐든 알고 있다는 오만함이, 말도 안 되는 착각을 일으킨다.

나는 내 인생을 살고 있으며, 그 여자는 그 여자의 인생을 살고 있다. 한집에서 살고 있기는 하지만, 같은 성을 공유하게 됐지만, 그 점에는 변함이 없다.

그럼, 시간을 조금 거슬러 올라가 보겠다.

그 여자가— 내 의붓동생인 이리도 유메가 감기에 걸려 학교를 쉰, 그 다음날의 일이다.

인적 없는 학교 도서실에서, 그녀는 말을 건넸다. 양 갈래 머리카락을 하고 검은색 뿔테 안경을 쓴, 아야이 유메를 연상케 하는 여자애는 그날, 초면인 나에게 이렇게 말했다.

—저와, 결혼을 전제로 사귀어 주세요.

석양에 물든 책장 옆에서, 그녀는 나에게 프러포즈를 한 것이다.

◆ 유메 ◆

인정하겠다. 나는 동요했다.

어제. 이미 어제 일이다. 방과 후, 자주 찾던 서점에 들른 나는 서점 아래층에 있는 햄버거 가게에서 의붓동생인 이리도 미즈토를 발견했다.

그렇다. 나는 목격하고 만 것이다. —의붓동생이 내가 모르는 여자와 감자튀김을 먹고 있는 모습을!

나는 그 모습을 보자마자 도망치고 말았지만, 그건 대체 뭐였을까. 데이트? 데이트 맞지? 나, 같은 장소에서, 사귀던 시절에, ……으으으으으으으으으으!!

마음속에 응어리가 생겨난 나는 집에서 은근슬쩍 캐물어 봤다.

"……요즘, 학교는 좀 어때? 여…… 여친은 생겼어?"

"응? 비꼬는 거야? 그딴 것에는 이제 질렸거든? 어디 사는 누구 씨 탓에 말이지."

그건 내가 할 말이야!! 나도 남자들한테 인기 엄청 좋지만, 남친 만들 생각은 제로야! 어디 사는 누구 씨 탓에!

아무튼, 태연한 그 태도에서는 여자가 있는 듯한 느낌이 전혀 감돌지 않았다. 역시 포커페이스가 능숙한 남자다. 무슨 생각을 하는 건지 전혀 알 수가 없다.

그 여자애는 대체 누구일까.

마치 옛날의 나처럼 수수하던데— 뭐야? 그런 타입을 좋아하는 거야? 흐음~. 그래. 취향에서 벗어나 버려서 참 미안하네.

나와는 딱히 상관없는 일이지만, 일단 가족으로서(어디까지나 가족으로서!) 상대가 어디 사는 누구인지는 알아두고 싶었다.

그래서 수업이 끝난 후, 교우관계가 넓은 미나미 양에게 잡담을 빙자해 물어봤다.

"검은색 뿔테 안경을 낀 양 갈래 머리 애? 으음…… 우리 학교는 진학고잖아~. 그런 애라면 꽤 있을걸?"

맙소사……. 이 학교에는 수수한 여자애 애호가에게는 파라다이스 아닐까?

내가 위기감에 떨고 있을 때, 미나미 양은 능글맞은 미소를 지었다.

"그건 그렇고, 방과 후 패스트푸드 데이트구나~. 이리도,

얌전하게 생겨서 꽤 하네~! 확실히 무덤덤해 보이면서도 상냥한 구석이 있고, 유심히 보면 꽤 미남이잖아. 낯가림 심한 여자애라면 그대로 확 넘어가 버릴지도 몰라~!"

지당하신 말씀이야! 단순해서 되게 미안하네!

지금 생각해보면 예전의 나는 필설로 형용할 수 없을 만큼 쉬운 여자애였다. 아니, 남자와 접점이 제로였던 음침녀는 자기한테 좀 상냥하게 대해주는 사람에게 바로 넘어가 버린단 말이야! 자연의 섭리거든?!

즉, 그 남자는 평범한 이성에게 인기가 없어서 난이도가 낮은 여자애만 노리는 것이다. 정말 그릇이 작은 남자다. 순진무구하고 연약한 여자를 짓밟으려 하다니……!

이렇게 되면 입 다물고 있을 수 없다. 제2, 제3의 내가 탄생하는 것을 막기 위해서라도 그 여자애를 도와줘야 한다. 아직은 늦지 않았을 것이다!

"……앗, 벌써 시간이 이렇게 됐네."

미나미 양이 스마트폰을 보며 가방을 어깨에 걸쳤다.

"미안해, 유메! 나, 오늘도 아르바이트 가야 해!"

"아, 응. 나는 괜찮아. 힘내."

"그럼 다음에 봐~!"

미나미 양은 힘차게 손을 흔들면서, 종종걸음으로 교실을 나섰다. 교실에는 나만 남겨져 있었다. 별다른 스케줄도 없고 부활동도 하지 않으니, 이제 돌아가기만 하면 된다.

잘됐어. 이참에 무고한 여자애를 그 남자한테서 구출할 방법을 생각해야지.

그리고 귀가한 나는…….

현관에서 여자 로퍼를 발견했다.

"…………."

다시 쳐다봤다.

우리 집 현관에, 여자 로퍼가 있었다.

―어어어어어어어어어어어엇~~~~~~?!

미즈토의 운동화 옆에 대충 놓여 있는 그것을, 나는 뚫어지게 응시했다. 내 것이 아니다. 엄마 것도 아니다. 게다가 사이즈가 너무 작았다. 이렇게 작은 로퍼를 신는 건, 덩치가 꽤나 작은― 그렇다. 일전에 미즈토와 함께 있던 그 여자애 같은…….

그, 그 남자……! 말도 안 돼, 벌써 집에 데려온 거야?!

입학하고 아직 한 달도 안 지났는데― 나를 집에 데려온 건, 사귀기 시작하고 반년이나 지났을 때였는데……!

바로 그때, 나는 문뜩 떠올렸다.

……나를 이 집으로 데려온, 그 남자의 목적이 뭐였지?

나는 현관에서 계단 위를 올려다보았다.

―설마. 지금……?

아냐…… 아냐아냐아냐. 말도 안 돼! 그 얼간이가 전광석화처럼 일을 벌일 수 있을 리 없어!

……하지만, 만약에. 만약에 말이지.

나 때의 실패를 반성해, 전격 작전을 펼친 것이라면?

내가 방 앞을 지나가던 순간, 음란한 목소리를 멎으면서 허둥대는 소리가 들려오기라도 한다면……?

시…… 싫어! 까놓고 말해 싫어!

…………일단, 염탐을 해보자.

나는 우선, 증거 삼아 여성용 로퍼를 스마트폰으로 촬영했다. 사진은 소리가 나기 때문에 동영상으로 찍었다.

그리고 집 안으로 들어간 후, 벗은 신발을 들고 세면 탈의실에 숨었다.

그 후, 미즈토의 스마트폰에 전화를 걸었다.

『……여보세요?』

"여보세요."

『무슨 일이야?』

"지금 어디 있어?"

『응? 집이야.』

나는 스마트폰에서 들려오는 목소리에 귀를 기울였다.

……딱히 아무것도 들리지 않았다.

"심부름을 부탁받았던 게 생각났어. 나, 지금 다른 일을 하고 있어서 그러는데 대신 좀 해주면 안 돼?"

『뭐…….』

상대방은 매우 질색하는 듯한 목소리를 냈다. 여…… 여친을, 집에 데려왔기 때문에 질색하는 걸까. 아니면 내가 심부름을 떠넘겨서 질색하는 걸까.

『알았어. 가면 될 거 아냐…….』

"부탁해."

『부탁?』

전화 너머에서 코웃음 소리가 들려왔다.

『별일이 다 있네. 네가 나한테 부탁을 다 하고 말이야.』

"……시끄러워. 쓸데없이 걸고넘어지지 마."

『네 심부름을 대신해주는 거니까, 이 정도는 봐달라고.』

근성이 배배 꼬인 남자라니깐. 이딴 녀석과 사귀는 여자도 마찬가지로 근성이 배배 꼬였을 게 틀림없어.

『그럼 뭘 사 오면 되는데?』

"글쎄……."

『글쎄?』

아차! 지금 생각하는 듯한 리액션을 취하고 말았다.

"아, 그게…… 소면! 소면이야!"

『소면……? 아직 여름이 되려면 멀었잖아.』

"봄에 소면을 먹으면 안 되기라도 해? 소면 업자도 여름에만 생산하는 건 아니잖아."

아마 그럴 것이다.

『알았어. 소면이라고 했지? 더 없어?』

나는 일용품 몇 개를 더 언급한 후, 전화를 끊었다.

탈의실에서 잠시 숨을 죽이고 있었다. 그러자, 문 너머를 누군가가 지나가는 기척이 느껴졌다.

그 후, 철컥…… 덜컹하며 현관문이 닫히는 소리가 들렸다.

좋아. 나갔어…….

나는 잠시 귀를 쫑긋 세워서 미즈토가 돌아오지 않는다는 것을 확인한 후, 탈의실을 나섰다.

현재, 미즈토의 방에는 여자애가 혼자 있을 것이다! 이 틈에 만나서 한마디 해두자. ……딱히 『내 동생에게 꼬리를 치다니, 배짱 한번 좋네』 같은 식으로 협박할 생각은 없다. 『남자의 집에 함부로 들어가면 안 돼』 하고 주의를 줄 생각이다. 내 상냥함에 전 세계가 감탄했다.

나는 계단을 올라간 후, 미즈토의 방문을 향해 손을 뻗었다.

레버 타입의 문 손잡이를— 돌리기 전에…….

안쪽에서 문이 열렸다.

"어?"

"응?"

낯익은 얼굴과 눈이 마주쳤다.

나는 놀란 나머지, 머릿속이 새하얗게 변했다.

어?

왜?

어떻게 된 거야?

"……네가 왜 여기 있는 거야?"

미즈토는 미심쩍은 표정으로 내 얼굴을 쳐다보았다.

"나한테 심부름을 부탁했으면서, 왜 집에 있는 건데? 다른 일을 하고 있어 바쁜 거 아니었어?"

"어, 아니…… 잠깐, 잠깐만 있어 봐."

혼란에 빠진 나는 계단 쪽을 몇 번이나 돌아보았다.

……방금, 나갔……었지?

이 남자는 아까, 탈의실 앞을 지나서 현관 밖으로…….

하지만, 미즈토는 현재 미심쩍은 표정으로 나를 쳐다보고 있다. 내 눈앞에서 말이다.

그렇다면— 아까 현관에서 나간 건……?

"—앗!!"

나는 서둘러 계단을 뛰어 내려간 후, 현관까지 헐레벌떡 뛰어갔다.

……없다.

로퍼가 없다!

아까까지 여기 있었던, 여성용 로퍼가……!

"갑자기 왜 그러는 거야? 그렇게 급하게 계단을 내려가다간 넘어져서 죽을지도 몰라."

"피신시킨 거지?!"

나는 느긋한 걸음으로 쫓아온 미즈토의 멱살을 움켜잡았다.

"우왓?! 자, 잠깐! 갑자기 왜 이러는 거야?!"

"피신시킨 거지?! 방금! 집에 데려온 여자애를 말이야!"

"뭐, 어……? 여자……?"

미즈토는 당혹스럽다는 듯이 미간을 찌푸렸다.

당했다.

자기가 나가는 척을 하면서, 여자애를 피신시킨 것이다.

내가 이미 집에 돌아왔다는 것을, 어떤 방법을 쓴 건지는 몰라도 꿰뚫어 본 건가……!

"여자애를 집에 데려왔다는 게 무슨 소리야? 나는 쭉 혼자—."

"나, 방금 봤어! 여기에 있던 여성용 로퍼를 말이야! 자, 이게 증거야!"

나는 미즈토를 향해 스마트폰을 내밀었다. 「본 건 그렇다 치고, 찍긴 왜 찍은 건데……」 하며 약간 질리면서도(질리지 마!), 미즈토는 로퍼가 찍힌 영상을 보며 미간을 더욱 찌푸렸다.

"이거…… 오늘 찍은 거지?"

"맞아. 내 것과는 사이즈가 다르잖아. 날조가 아냐."

"그렇겠지."

미즈토는 자기 신발을 대충 신더니, 현관문의 손잡이를

돌려봤다.

"열려 있어……."

"네가 데려온 여자가 도망치며 열어둔 거잖아? 나는 분명히 잠갔—."

"—네 방을 확인해봐."

미즈토는 진지한 표정으로 내 눈을 응시했다.

"지금 바로 확인해봐."

나는 시키는 대로 내 방을 확인해봤다. 미즈토가 진지한 표정으로 그렇게 말하니까, 탈의실에서 들었던 발소리의 주인이 빈집털이일지도 모른다는 생각에 불안을 느꼈지만—.

"……딱히, 아무런 문제도 없어."

나는 계단 아래에서 기다리던 미즈토에게 보고했다.

미즈토의 표정에 당혹감이 어렸다. 당혹스러운 건 나다.

"겁 좀 주지 마……. 빈집털이라도 들어온 줄 알았잖아."

"……진짜야? 방이 정리되어 있거나, 책장에 음란 서적이 늘어나진 않았어?"

"그럴 리가 없잖아! 늘어나기는 무슨, 그런 건 한 권도 없어!"

웬 음란 서적? 영문을 모르겠다.

미즈토는 미간을 살짝 찌푸리더니, 자신의 목덜미를 세게 주물렀다. 생각에 잠길 때의 버릇이다.

"잠깐만! 이제 그만 설명해봐! 그 로퍼는 네가 데려온 여자애가 신고 온 것 맞지?!"

"응? 아…… 그래. 맞아. 내가 여자를 데려왔어."

"뭐?! 그렇게 간단히……!"

미즈토는 귀찮다는 듯이 머리를 긁적이더니, 나한테서 돌아섰다. 그대로 거실로 돌아가려고 하자, 나는 그를 추월한 후에 막아섰다.

"……뭐 하는 거야? 나는 지금 피곤하다고. 대충 감이 오지? 수분 보충 좀 하게 비켜."

피, 피곤해……?! 그 말은, 설마—.

내 뇌리에 선명하게 떠오른 건, 일전에 봤던 수수한 여자애와 미즈토가 밀실 안에서 피곤해질 만한 짓을 하는 광경이었다.

"너, 너너, 너, 그 애와 방에서 뭘—."

"응?"

미즈토는 눈을 가늘게 뜨더니, 나를 노려보았다.

"그걸 왜 너한테 설명해야 하는데? 응? 유메 양."

"…………윽."

나는 말문이 막힌 나머지, 입을 꾹 다물었다.

……그렇다. 설령 미즈토가 여자를 집에 데려왔더라도, 나한테는 화낼 자격이 없다. 사과를 받아낼 권리도 없다.

그저, 의붓남매에 지나지 않으니까…….

—뻔히 알고 있는데, 왜 이렇게 마음속에 응어리가 생기는 걸까?

"……뭐, 다음부터는 조심할 테니까 이번 일은 잊어줘. 알았지?"

미즈토는 입을 다문 나를 향해 손을 흔든 후, 거실의 문을 열었다.

그 순간, 그는 굳어버렸다.

마치 얼어붙은 것처럼— 어느 장소를 쳐다보며, 아연실색한 채, 굳어버렸다.

"어…………?"

나는 그의 시선이 향하는 곳을 쳐다보았다.

미즈토가 무엇을 본 건지, 이해했지만— 그래도 나는 고개만 갸웃거릴 뿐이었다.

— 식탁에, 의자가 다섯 개 놓여 있었다.

그게 전부였다.

"……대체 뭐야……!"

영문을 알 수 없었다.

미즈토는 아연실색 한 채, 아무 말 없이 자기 방에 틀어박혔다. 나에게 아무런 설명도 해주지 않으며 말이다.

"하아…… 정말."

나는 일단 방으로 돌아갔다. 역시 딱히 이상한 곳은 없었다. 아침에 일어났을 때와 똑같았다. ……그 녀석, 왜 내 방을 확인해보라고 한 걸까. 여자를 데려왔다는 것을 얼버무리려고 그런 걸까. 아니면, 다른 이유가—.

……관두자.

나는 서둘러 교복을 벗고 실내복으로 갈아입은 후, 침대에 드러누웠다.

머리카락이 흩날리며 몸을 가렸다. 고생해서 기른 소중한 머리카락이지만, 성가시단 생각이 잠시 들었다.

"……나, 혹시 착각을 한 걸까."

여성용 로퍼. 햄버거 가게에서 미즈토와 같이 있던 여자애. ……나는 또, 사소한 일을 확대해석한 걸까.

한숨을 내쉰 순간, 나른한 느낌에 사로잡힌 나는 그대로 얕은 잠에 빠져들었다—.

—내가 다른 사람과 사이좋게 지내는 건 싫어하면서, 자기는 다른 여자애와 친하게 지내는 거야?

자기 입에서 그 말이 나왔던 순간을, 나는 똑똑히 기억하고 있다.

태연자약. 냉정 침착. 그런 것이 옷을 입고 걸어 다니는 듯한 그의 얼굴이 당혹감에 흔들리더니, 그는 미아 같은 눈길로 나를 쳐다보았다.

해선 안 되는 말을 했다는 것을 바로 눈치챘다.

그는 사과했다. 화해하려고 했다. 자신의 한심한 독점욕을 적나라하게 고백하며, 그답지 않게 나에게 다가와 줬다.

하지만—.

도서실에서 본 광경이 머릿속에 떠올랐다. 우리가 만난 장소. 추억의 장소. 거기서 그는 나 말고 다른 여자애와 즐겁게 이야기를 나누고 있었다.

착각이라는 건, 이미 알고 있다.

그 순간에도 아마 머릿속으로는 알고 있었으리라.

하지만, 한번 새겨진 인상을 씻어낼 수 없었다. 한 번 새겨진 상처는 아물지 않는다.

—추억의 장소에서, 믿고 있던 사람이, 가장 믿기지 않는 짓을 하고 있었다.

그 인상이, 내 추억을, 내 마음을, ……이미 갈기갈기 찢어발겼다.

그래서. 그런 상태에서. 그 어떤 이유가 있더라도. ……상대가 차가운 태도를 보이며, 가시 돋친 말을 한다면…….

나는 원래, 말수가 적고 말주변이 없는 인간이다.

그렇다고 해서, 마음마저 말주변이 없는 건 아니다.

오히려 진짜 입으로 말을 하지 못하는 만큼, 마음속에는 남들의 몇 배, 몇십 배의 말이 잠들어 있다.

그 모든 것을.

마치 둑이 무너진 것처럼— 전부 토해내고 말았다.

……화해, 하고 싶었다.

그러려고 곧 시작될 여름 방학에 스케줄을 세웠고…… 그날, 이리도에게 말할 생각이었다.

하지만, 전부 부질없었다.

우리에게, 두 번째 여름 방학은 찾아오지 않았다.

얕은 잠에서 깨어난 나는 천천히 몸을 일으켰다.

엎드린 채 잠들어 있었던 탓에, 침대 시트에 얼룩이 생겨 있었다. 침에 젖은 걸까. 아니면…….

하품하지도 않았는데, 손등으로 눈을 비볐다.

창밖은 어느새 어두워졌다. 생각보다 오래 잠을 잔 것 같았다. ……마음이 지쳐서일까. 전부, 그 남자 탓이다.

거울로 얼굴을 체크했다. 침 자국, 없다. 눈이 충혈되지는 않았을까? 멀쩡했다. 다행이다.

집안에 같은 또래 남자애가 있으면, 마음을 놓을 틈이 없어서 고생이다. ……이제 와서 그 남자 때문에 겉모습을 신경 쓸 이유는 사실 없는데도 말이다.

"유메~? 일어났니~? 이제 그만 밥 먹게 내려오렴~!"

네~ 하고 대답했다. 목소리에 힘이 들어가지 않았지만,

분명 배가 고프기 때문이리라. 틀림없다. 밥을 먹으면 멀쩡해질 것이다.

그렇게 생각하며, 문을 열고 복도로 나간 바로 그때였다.

옆에서 뻗어온 팔이 내 손목을 움켜잡더니, 그대로 힘차게 잡아당겼다.

"꺄앗……?!"

발이 얽힌 나는 벽에 등을 부딪치며 겨우겨우 균형을 잡았다. 갑자기 뭐 하는 거야……! 짜증이 난 내가 얼굴을 들어보니, 이리도 미즈토의 얼굴이 눈앞에 있었다.

어?

미즈토는 내 손목을 움켜쥔 채, 긴장감으로 가득 찬 눈으로 내 얼굴을 응시하고 있었다. 열기는 느껴지지 않지만, 굳건한 심지가 존재하는 듯한 강렬한 눈길이었다. 그것은 중학교 2학년이던 내 눈길을 사로잡았던 그 눈빛이었다.

갑작스러운 일에 압도당했지만, 나는 어찌어찌 그를 노려보며 목소리를 쥐어 짜냈다.

"뭐…… 뭐야……."

"일전의 페널티를 행사할게."

그 갑작스러운 말을, 나는 바로 이해하지 못했다. 일전의 페널티. 페널티? 아, 뇌가 최근의 기억을 떠올렸다.

그 추잡하고 무시무시한 속옷 사건 때의 페널티일까. 『남매답지 않은 언동을 한 쪽의 패배』라는 룰에 따라, 서로에게 미풍양속에 어긋나지 않는 범위에서 딱 한 번 명령을 내릴 수 있다는 형태로 정한 바로 그…….

그 권리를, 지금 행사하겠다고— 대체, 뭘 시키려는 걸까?

……집에 여자를 데려와도 참견하지 말라, 라거나? 만약 진짜로 그런 소리를 한다면, 온갖 독설을 다 퍼부어줄 생각이다.

나는 그런 결의를 다졌지만, 미즈토는 내가 전혀 생각지도 못한 요구를 입에 담았다.

◆ 미즈토 ◆

—식탁에, 의자가 다섯 개 놓여 있었다.

그 광경에 왜 내가 그렇게 충격을 받은 걸까?

내 행동의 이유는 따지고 보면 그 수수께끼로 귀결된다.

햄버거 가게에서 같이 있었던 여자, 느닷없이 현관에 놓여 있던 로퍼, 유메에게 자기 방을 확인해보라고 말한 이유, 읍란 서적의 숫자를 물어본 것까지— 유메가 영문을 알 수 없었던 그 모든 것이, 다섯 개의 의자에 담긴 메시지에서 발단되었다고 할 수 있다.

남매 룰의 페널티를 쓰면서까지, 나는 유메에게 무엇을 요구했는가.

그것을 밝히기 전에, 그 광경이 가리키는 의미를 제대로 이해해야만 한다. 그러기 위해선 그 프러포즈에서부터 이어진 일들을, 내 시점에서 다시 정리할 필요가 있을 것이다.

—저와, 결혼을 전제로 사귀어 주세요.

내가 저 여자에게 일어난 모든 일을 알 리가 없듯, 저 여자도 나에게 일어난 모든 일을 알 리 없다.

그러니 처음부터 이야기하겠다.

유메 본인이 알지 못하게 그녀에게 닥쳐왔던, 일종의 위험에 관해…….

유메가 감기에 걸려 학교를 쉰 이후.

나는 화석을 발굴하러 간 연구자처럼, 책장이란 이름의 지층을 파헤치고 있었다.

그곳은 방과 후의 도서실이다.

재력이 부족한 학생 신분으로 충실한 독서 라이프를 보내기 위해선, 도서관의 이용이 필수 불가결하다. 그런 만큼 전문서부터 라이트노벨까지 폭넓은 라인업이 갖춰진 이 도서실은 그야말로 최고다. 나는 입학하자마자 이곳의 단골이 됐다.

이 날 발굴한 것은 오래된 라이트노벨이었다. 세월이 느껴지는 표지 일러스트와 너덜너덜해진 커버 가장자리. 대출카드를 뽑아보니, 20세기 이전부터 이곳에 있었던 것 같았다. 그 세월의 풍취에 가슴이 뛴 나는 애용하는 위치로 이동했다.

입구 정반대. 구석. 대부분의 시선이 책장에 가로막히는 밀실 같은 공간— 거기서 창가의 공조설비에 걸터앉는 것이 도서실에서의 내 스타일이다.

나는 옅은 색깔을 머금은 햇빛을 등으로 맞으면서 페이지를 넘겼다. 으음, 이 틀에서 벗어난 문장표현들. 뇌에 직접 꽂히는 것만 같은걸— 하고 신음을 흘리고 있을 때, 누군가가 옆에 서는 듯한 느낌이 들었다.

흐음…… 창밖에 시선을 끄는 뭔가가 있는 걸까?

책에서 눈을 떼며 고개를 들자, 양 갈래의 머리카락을 가슴 언저리까지 늘어뜨린 여자애가 검은색 뿔테 안경 너머의 커다란 눈동자로 나를 응시하고 있었다.

"어……?"

나는 뒤편을 쳐다보았다. 벽밖에 없었다.

무엇을 보는 거지? 나를 쳐다보는 게 아닐 텐데…….

"…………이리도, 미즈토 씨………… 맞죠?"

양 갈래머리를 한 안경 소녀는 나를 똑바로 바라보며, 잘 들리지 않는 가느다란 목소리로 그렇게 말했다.

어라. 아무래도 나를 쳐다보고 있었던 것 같았다. 불가사의한 일도 다 있는걸.

"으음…… 미안한데, 우리 어디서 만난 적 있어?"

"저…… 실은…… 이리도 씨에게, 할, 말이……."

양 갈래 머리카락의 여자애가 배 앞으로 모은 손가락을 꼼지락거렸다. 그 분위기에서, 태도에서, 데자뷔가 느껴졌다— 잊을 수 없는 중학교 2학년 여름 방학의 끝자락. 아야이 유메가 러브레터를 건네준 그 순간과, 지금 상황이 포개졌다.

어?

아니, 설마— 초면이잖아? 처음 보는 여자애가, 느닷없이—.

나는 고개를 숙인 안경 소녀를 지그시 응시했다. 어디서 본 적 있는 듯한 느낌이……?

그렇게 생각한 순간이었다.

"—푸풉!"

바로 그때, 안경 소녀가 웃음을 터뜨리며 입을 가로막았다.

"풉, 후훗, 후후후후훗……!! 이야~ 안 들켰네! 이리도가 하도 눈치를 못 채니까, 관둘 타이밍을 놓쳐 버렸어!"

갑자기 말투가 달라졌다. 외모는 여전히 『저는 진지한 애예요』 하고 말하고 있는 느낌이었다. 하지만 입에서 나온 말에서는 통통 튀는 듯한 쾌활함이 느껴졌다.

기묘한 기분이다. 외국 영화의 더빙에 전혀 어울리지 않는 성우를 쓴 듯한 느낌이다.

"어~ 아직도 눈치 못 챘어? 그럼 다시 자기소개를 해야겠네. 잠시만 기다려—."

안경 소녀는 고개를 숙이며 얼굴을 숨기더니, 안경을 벗고, 머리카락을 푼 다음, 이번에는 손으로 머리카락을 머리 뒤편으로 모은 상태에서 다시 고개를 들었다.

"안녕! 이제 알아보겠지?"

"—아."

못 알아보는 게 이상했다. —어제, 우리 집에 왔던 사람이니 말이다.

저 포니테일과, 유심히 보니 조그마한 체격— 그리고 소형동물을 연상케 하는 분위기.

"……미나미 양?"

"딩동댕! 어때? 나, 성실한 타입도 꽤 어울리지 않아?!"

안경을 다시 쓰고, 머리카락도 양 갈래로 다시 세팅한 미나미 아카츠키가 씨익 웃었다.

영문을 알 수 없었다……. 겉모습만 보면, 성실 타입 여자애다. 사람은 겉모습이 9할이라는 건 사실인 것 같다.

"남들 눈에 띄기 싫어서, 이미지 체인지를 해봤어요~! 이리도와 이야기를 나누면 어울릴 것 같은 느낌으로 꾸며봤어!"

"……장난 친 거였어? 진짜로 고백을 받은 줄 알고 깜짝 놀랐잖아."

"아, 그럼 됐어. 마음껏 놀라도 돼."

"뭐?"

"이리도 씨. 저와, 결혼을 전제로 사귀어 주세요."

번역이 엉망인 소설을 읽었을 때처럼, 독해력이 파업했다.

"……미안한데, 방금 뭐랬어?"

"응~? 정말, 내 말에 귀 좀 기울여~."

미나미 양은 나한테 조금 다가오더니, 검은색 뿔테 안경 너머의 눈으로 나를 똑바로 바라보며 말했다.

"이리도. 나와, 결혼을 전제로 사귀어줘."

……어라? 내가 또 잘못 들었나?

사귀어줘…… 그리고 결혼을 전제로, 라는 말도 들린 것 같은데 말이야.

"어라~? 또 안 들린 거야? 여친. 연인. 장래에 부부가 되는 것을 전제로, 나를 이리도의 그런 존재로 삼아달라고 말했어. 두 유 언더스탠?"

"…………아이 돈트 언더스탠."

혹시 나는 고등학교에 입학하고 한 달도 채 지나기 전에, 클래스메이트에게 고백을 받은 건가?

아니, 프러포즈를 받았어?

……오케이, 진정해. 이건 함정이야. 아니면 착각이야. 쿨하게 정보를 모아. 현명하게 판단을 내리는 거야.

"……미나미 양, 나와 결혼하고 싶어?"

"응."

"……미나미 양, 나를 좋아해?"

"딱히 싫어하진 않아."

"……미나미 양…… 왜 나와 결혼하고 싶은 거야?"

"그건 말이지!"

갑자기 표정이 밝아진 미나미 양이 만면에 미소를 지으며 대답했다.

"이리도와 결혼하면, 유메의 동생이 될 수 있잖아!"

"……………………………………………………."

아이 돈트 언더스탠.

『—그리고, 그 후로 이리도 양의 장점을 늘어놨구나. 마치 캐치세일즈를 하듯이 말이야.』

"그러더라고……."

그날 밤. 나는 방에서 친구인 카와나미 코구레와 연결된 스마트폰을 귀에 댄 채, 땅이 꺼지게 한숨을 내쉬었다.

"영문을 모르겠어……. 대체 뭐야……. 미나미 양이 실은 그런 사람이었어……?"

『그런 사람이라고. 최악이지? 와하하!』

카와나미는 왠지 기분이 좋아 보였다. 마치 자신을 이해해 주는 사람을 얻은 오타쿠 같았다.

『위장을 할 수 있게 되어서 그나마 다행일 지경이야. 전에는 대놓고 그러고 다녔거든. 같은 중학교의 학생이 거의 없는 이 고등학교로 진학한 이유도, 아마 그거일걸?』

그녀도 고교 데뷔파인 건가. 유메를 포함해, 고교 데뷔파가 참 많네.

“그녀는…… 대체 어떤 사람이야? 너, 전부터 미나미 양과 아는 사이였지?”

『쉽게 끓어오르고, 전혀 식을 줄을 모르는 애— 그게 미나미 아카츠키야.』

카와나미는 평소보다 진지한 목소리로 말했다.

『뭔가에 빠지면 일직선. 게다가 끝도 없이 온도가 치솟아. 제어 불가능한 원자력 발전소 같은 거지. 주위에 유해 물질을 흩뿌린 끝에, 최종적으로 대폭발을 해.』

퍼엉~ 하고 카와나미는 스마트폰 너머에서 장난스레 말했다.

“대폭발…… 그건 또 무슨 소리야?”

『그래. 가까운 이의 치부를 드러내는 것 같아서 내키지는 않지만, 예를 하나 들어줄게— 중학생 시절, 미나미한테는 남친이 있었어.』

“뭐?”

미나미 양에게 남친? ……영 상상이 안 되는걸. 외모가 로리 같아서일까.

『참 바보 같은 남자지? 당연히 미나미는 그 남자에게 완전히 빠져버렸어. 한시라도 떨어지지 않으려 하며, 헌신적으로 보살펴줬지. 남친도 처음에는 좋아한 것 같거든? 좋아하는 여자애가— 게다가 꽤 귀여운 여자애가 자신을 그렇게 보살펴주잖아. 남자로서 기쁘지 않을 리가 없다고.』

남의 이야기를 전해주는 것치고는 실감이 어려 있는

걸…… 하고 내가 생각하는 사이, 카와나미는 말을 이었다.

『하지만, 그로부터 석 달 후의 일이야. 무슨 일이 일어났을 것 같아?』

"임신이라도 했어?"

『—남친 쪽이, 스트레스로 쓰러져서 입원한 거야.』

"뭐?"

아니, 잠깐만 있어 봐.

여성 쪽에서 헌신적으로 보살펴줬다며? 자기가 보살펴준 게 아니라, 보살핌을 받은 거잖아? 왜 보살핌을 받은 쪽이 쓰러져버린 거야?

『그게 미나미 아카츠키의 무시무시한 점이지…….』

카와나미의 목소리에 약간의 공허함이 어렸다.

『고양이도 주인이 너무 만져대면 스트레스를 받는다는 이야기를 들어본 적 없어? 미나미 아카츠키는 인간을 상대로 그런 짓을 하는 여자야. 사랑을 과도할 정도로 쏟아붓는 거지. 좋아하는 것을 귀여워하고, 귀여워하고, 또 귀여워해서…… **너무 귀여움을 받아 죽게 만드는 거야.**』

나는 무심코 숨을 삼켰다.

믿기 어려운 이야기지만…… 상상해보니, 이해가 안 되는 건 아니었다.

만약 내가 그 남친처럼 생활의 모든 면에서 그녀에게 보살핌을 받게 된다면……. 존엄을 부정당한 느낌을 받지 않을까. 마치 자신이, 애완동물이 된 것처럼…….

『전에 이리도 양이 학교를 쉬었을 때, 미나미가 병문안을 갔잖아. 그때, 어떤 편린을 보였을 거야. 짚이는 구석 없어?』

그러고 보니…… 아~ 라거나 후~ 후~ 라거나, 알게 된지 한 달도 안 된 친구를 간병하는 것치고는 왠지 너무 허물이 없었던 것 같은 느낌이 들었다.

『흥. 진짜 지조 없는 녀석이라니까. 남자가 안 되겠으니, 여자로 노선을 변경한 거냐.』

"왜 그래?"

『혼잣말이야. ……자, 이리도. 방금 이야기를 듣고, 미나미와 결혼할 마음이 생겼어?』

"눈곱만큼도 안 생겨. 나는 남들이 신경 좀 꺼줬으면 하는 타입이거든."

『그럼 애매모호한 태도를 보이지 말고, 딱 잘라서 계속 거절해. 끈질긴 소리처럼 들릴지도 모르지만, 도중에 무너지면 안 된다고. ……만약 그 녀석이 도가 넘는 짓을 벌인다면, 나한테 말해. 그때는 더 직접적인 작전을 짜보자.』

"도가 넘는 짓? 어떤 건데?"

『으음……. 그래. 이것도 중학교 때 들은 소문인데, 그 사이코 여자가 실제로 벌인 일 중에— 으음~. 아냐, 관둘래. 괜히 겁주는 게 될지도 모르거든. 미안한데, 그냥 잊어줘.』

"……너, 혹시 의미심장한 소리 하는 게 취미냐?"

『너도 해보면 내 심정이 이해될 거야……. 이거, 끝내주게 재미있다고.』

카와나미는 키득키득 웃더니, 『그럼 무슨 일 있으면 연락해』 하고 말하며 전화를 끊었다.

미나미 양에 대해 왜 이렇게 잘 아는 건지 물어볼 생각이었는데, 결국 그 기회를 놓치고 말았다.

미나미 양은 그 후로 나를 따라다녔다.

"저기, 결혼하자~.", "나, 헌신하는 타입이거든~?", "저기~, 그렇게 내가 싫어~?", "자식도 많이 낳자~."

이런 식으로 결혼하자며 계속 들러붙었다. 말로 꼬드길 생각조차 없는 것 같았다. 내가 햄버거 가게에서 독서에 몰두하고 있을 때도, 계속 쳐다보면서 밑도 끝도 없이 구혼을 했다.

그리고 그 일이 벌어졌다.

"피신시킨 거지?! 방금! 집에 데려온 여자애를 말이야!"

속옷 사건으로부터 이틀 후. 유메가 갑자기 고함을 지르면서, 그런 말도 안 되는 트집을 잡았다.

이야기를 들어보니 현관에 처음 보는 로퍼가 있었다고 한다. 말도 안 된다. 자기 신발을 잘못 본 거라고 생각했지만, 증거 영상을 보니 이건 웃으며 넘길 일이 아니라고 생각했다.

그 로퍼는 미나미 양만큼 몸집이 작은 여자애나 신을 사이즈였다.

현관문은 열려 있었다. 즉, 이 집의 열쇠를 가지지 못한 사람이 밖으로 나간 직후란 의미다. 그렇다면, 들어온 건 대체 언제이며, 어떻게 들어온 거지?

……짚이는 구석이라면 있었다. 귀가하고 방까지 올라온 후, 문을 잠그는 것을 깜빡한 느낌이 들어서 돌아가 보니 잠겨 있었다. 아마 이때는 이미 그 조그마한 로퍼가 존재했을 것이다. 현관 문턱에 가려 눈치채지 못했지만 말이다.

당했다.

미나미 양은 하교할 때도 나한테 계속 들러붙어 있었다. 오늘도 그랬다. 집 앞까지 그녀가 따라왔다. 그러니 귀를 쫑긋 세우고 있었다면, 내가 문을 잠그는 걸 깜빡했다는 것도 소리로 알 수 있었으리라—.

상식을 벗어난 행동이지만, 그렇게 생각할 수밖에 없었다. 로퍼를 숨기지 않았다는 건, 충동적인 범행임을 의미했다. 갑작스럽게 기회가 찾아온 탓에 침착함을 잃었던 것이다.

카와나미의 의미심장한 말이 뇌리를 스쳤다. 중학생 때, 미나미 아카츠키가 실제로 한 짓—.

나는 유메에게 방을 체크하게 한 후, 그 틈에 카와나미 코구레에게 전화를 했다.

『네 예상이 맞아. 그 여자는 빈집털이처럼 남친의 방에 몰래 숨어든 적이 있어.』

카와나미는 바로 가르쳐줬다. ……역시 그랬구나.

『뭐, 거창한 짓을 하진 않았어. 방이 청소되어 있었고, 사건 현장처럼 방 안 사진을 잔뜩 찍어갔으며, 컴퓨터 안의 에로 사진이 늘었다나 봐.』

"늘어난 거야? 줄어든 게 아니라?"

『그래. 남친의 취향에 딱 맞는 걸로 말이야.』

……맙소사. 지워지는 것보다 더 무섭다.

"아무튼, 실질적인 피해는 없는 거지? 그럼—."

『아냐. 딱 하나. ……베개 커버가 새것으로 바뀌었어.』

"…………아……."

나는 일전에 들었던 유메의 흑역사를 떠올렸다. 여중생은 하나같이 그런 걸 모으는 거야?

……아무튼, 유메에게는 어떻게 전하면 좋을까.

네 친구, 스토커일지도 몰라. ……그딴 소리를 어떻게 해! 너무 쇼킹하잖아. 하지만, 그럼 어떻게 해야…….

나는 미나미 양이 유메의 방에 들어갔을 거라고 철석같이 믿으며 고민에 잠겨 있었지만—.

"……딱히, 아무런 문제도 없어."

유메의 대답은 이러했다.

미나미 양은 유메의 방에 들어가지 않았다. 그것이 사실이었다.

그렇다면, 그녀는 어디에 들어갔을까?

불법침입까지 하면서, 무슨 짓을 한 걸까?

—자, 드디어 따라잡았다.

이제 감이 올 것이다. 이 직후에 내가 본 광경이 의미하는 바를…….

미나미 아카츠키의 목적은 이리도 유메의 가족이 되는 것이다. 나와 결혼하는 건 수단에 지나지 않는다. 어디까지나 유메의 가족이 되는 것이 그녀에게 가장 중요한 목적이다.

그리고, 우리 집은 4인 가족이다.

그 점을 염두에 두며, 다시 이 상황을 살펴보자.

—식탁에, 의자가 다섯 개 놓여 있다.

『그 여자는 선을 넘었어.』

방으로 돌아와서 다시 전화를 걸자, 카와나미 코구레는 믿음직한 목소리로 선언했다.

『그 여자, 아무래도 전혀 반성하지 않은 것 같네. 어쩔 수 없지. 이 거어어어어어엇만큼은 하고 싶지 않았지만, 그 여자한테 따끔한 맛을 보여줘야겠어. 히히히힛!』

"……엄청 즐거워 보이네."

믿음직한 목소리는 어디 간 거야? 나는 지금 꽤 시리어스 하거든?

"대체 뭘 할 생각인데? 생각해둔 수가 있는 거지?"

『당연하잖아. 즉, 그 여자가 이리도 양을 포기하게 만들면 돼. 이럴 때 써먹을 수라면, 동서고금을 통틀어도 딱 하나 뿐이잖아.』

어디의 동서고금을 말하는 건지 모르겠지만, 나는 일단 묵묵히 이야기를 들었다.

카와나미는 엄숙한 어조로 고했다.

『이리도 미즈토여. 너는 이제부터 이리도 양을 찾아가서, 이렇게 고하거라—.』

그리고 나는, 묵묵히 이야기를 듣고 있었던 것을 진심으로 후회했다.

◆ 유메 ◆

미즈토는, 내가 전혀 생각지도 못한 요구를 입에 담았다.

"—내일, 나와 데이트하자."

전 연인은 ■■■한다 〈후〉
"망할 마니아.", "망할 오타쿠."

◆ 미즈토 ◆

이제 와서는 젊은 날의 치기라고 말할 수밖에 없겠지만, 중학교 2학년 때부터 중학교 3학년 때까지 나에게는 소위 여친이라 부르는 존재가 있었다.

그 기간은 단순 계산상으로 1년 반가량이나 되지만, 나와 그 여자의 데이트 경험치는 현저하게 낮다. ─그것도 그럴 것이, 우리의 생활권이 들고양이보다 좁았기 때문이다.

선택지 1, 서점.

선택지 2, 도서관.

선택지 3, 헌책 시장.

얼추 이게 전부다.

이 세상의 커플은 노래방이나 영화관이나 레스토랑이나 카모가와 강가라든가, 다양한 데이트 코스를 망라한다고 한다. 하지만 나와 아야이는 기본적으로 인도어파라서 그런 익숙하지 않은 장소에 갈 이유를 찾지 못했다.

그래서, 오늘 이벤트는 나에게 있어 미지의 영역 그 자체였다.

토요일 아침. 평소보다 꽤 일찍 일어난 나는 재빨리 준비를 마친 후, 유메와 마주치는 일 없이 집을 나섰다.

유메와는 교토 역 안에 있는 『시간의 등불』이란 광장에서 만나기로 했다. 그게 데이트 느낌이 나니까— 라고, 그 남자가 지시를 내린 것이다.

지하철을 타고 교토역에 도착한 나는 하치죠 동쪽 출입구를 통해 밖으로 나갔다.

내가 향한 곳은 인근에 있는 야간 버스 라운지다. 화장실과 화장 공간이 갖춰져 있는 유료 휴게소이며, 학생의 지갑에도 상냥한 가격이라 가벼운 마음으로 이용할 수 있다(고 한다).

문을 열자, 그 남자— 카와나미 코구레는 의자에 앉은 채로 나를 돌아봤다.

"여어, 이리도— 어, 아……."

칠부 소매 와이셔츠와 칠부 바지라고 하는, 경박한 인간에게만 어울릴 듯한 복장을 한 카와나미는 나를 보자마자 어이없다는 표정을 지었다.

"인마…… 편의점 가는 게 아니라고."

"알아."

"그럼 복장에 좀 신경 쓰란 말이다!"

"응?"

뭐가 이상한 것일까. 나는 평소처럼, 옷장을 열고 가장 위에 놓인 옷을 입었을 뿐인데 말이다.

하아~ 하고 카와나미는 한탄하듯 한숨을 내쉬었다.

"뭐, 예상은 했어. 너는 그런 타입 같았거든."

"그런 타입이 어떤 타입인데?"

"데이트 때도 복장을 신경 쓰지 않는, 여자 입장에서 꽤나 버거운 타입이란 의미라고!"

너무하네. 복장을 지적당한 적 없는데 말이야.

"이럴 것 같아서 내가 준비한 옷으로 갈아입어. 시간도 없으니 서둘러."

"뭐? 그냥 이대로도 괜찮은데……."

"괜찮지 않단 말이다! 너한테는 오늘 취지를 다시 설명할 필요가 있겠어!"

카와나미는 나를 탈의실에 집어넣더니, 새 옷 한 벌을 던져줬다. 신발까지 내 사이즈에 맞춰 준비되어 있었다. 뭐야. 일부러 준비한 거야? 이걸 다 살 돈이면 문고 서적을 몇 권이나 살 수 있을까……. 이 남자, 남의 데이트에 너무 필사적인 거 아냐? 징그러워.

"너— 아니, 너희를 위해 자비를 쓴 절친에게 그딴 시선을 보내는 거냐? 너무하잖아, 이리도 군."

"미안하지만, 내 마음에 거짓말을 못 하겠거든. 솔직히 말해 징그러워."

"고백을 거절하는 투로 그딴 소리 말라고~! 뭐, 남의 취미는 보통 징그러운 법이니까 그냥 넘어가 주겠지만 말이야."

넘어가 주는 거냐. 그것보다 네 취미는 나를 꾸며주는 거구나. 진짜로 징그럽네.

"잘 들어, 이리도. 오늘 데이트의 목적은 희귀하기 그지없는 인싸 정신질환녀, 미나미 아카츠키가 이리도 양을 포기하게 만드는 거야."

내가 옷을 다 갈아입자, 카와나미는 내 머리에 헤어 왁스를 발라주면서 도망칠 길을 막으려는 듯이 오늘 작전의 개요를 재확인했다.

"입학 직후의 이리도 유메 브라콤 선언을 진짜로 만드는 거지—. 이리도 양이 흥미를 가지는 대상이 너뿐이라는 걸 알면, 미나미 녀석의 허튼 소망도 박살나 버릴 거야. 그러니 너는 이리도 양을 완전히 헤롱헤롱~ 하게 만들어서, 러브러브~ 하게 된 다음, 미나미의 하트를 와장창창~ 으로 만들어야 하는 거지."

그 여자라면, 너와 이리도 양이 데이트한다는 말을 들으면 보러 올 게 분명하거든— 하고 카와나미는 말했다.

……이해는 했다. 했지만…….

"이봐, 왜 그래? 이제부터 우리 학년 제일의 미소녀와 데이트를 하는데, 왜 표정이 그 모양인 거야?"

"……미나미 양에 대해 이야기를 할 수 없는 만큼, 그 녀석에게 자초지종을 설명할 수는 없어. 그렇다면, 나는 진짜로, 레알로, 그 여자의 마음을 휘어잡아야 하는 거잖아. 이렇게 마음이 무거워지는 일이 또 있겠냐고."

"내가 보기엔 꽤 간단할 것 같은데 말이야."

카와나미는 히히히, 무책임한 웃음을 흘렸다. 멋대로 떠들어대지 마.

카와나미의 취미에 입각해 짜인 이 계획이 내키지는 않지만, 슬프게도 다른 대안이 떠오르지 않았다.

밀월에 이은 밀월 끝에 헤어지고 만 전 여친을, 다시 꼬신다—. 아무리 생각해도, 옛날 여자에게 매달리는 못난 남자 같아서 싫었다.

내가 한숨을 마구 쉬어대는 사이, 카와나미의 작업이 끝난 것 같았다.

카와나미는 자신의 작품, 그러니까 내 모습을 살펴본 후에 낮은 신음을 흘렸다.

"……이, 이럴 수가……."

"그렇게 안 어울리는 거야? 그럼 시키지를 말라고……."

애초부터 나에게는 패션이란 개념이 어울리지 않았다. 평소보다 비싼 옷을 입어봤자, 분수에도 안 맞는 옷을 입은 것처럼 보일 뿐이리라.

시간 낭비했는걸. 내가 밀랍 인형처럼 딱딱한 머리카락을 손으로 헝클어뜨리려 하자…….

"자, 잠깐만! 스톱, 스톱, 스톱!"
카와나미가 다급히 나를 뜯어말렸다.
그리고 이제까지 본 것 중에서 가장 진지한 표정을 지으며, 말을 이었다.
"이대로 가! 잔말 말고 이대로 가라고! 그럼 알 수 있어!"
체면을 구기고 오라는 걸까. 이 남자가 이 데이트의 성공을 바라는 건지, 실패를 바라는 건지 알 수가 없다.
나는 또 우울한 한숨을 내쉬면서 라운지를 나섰다.
길가는 사람들의 시선이 왠지 나에게 몰리는 듯한 느낌이 들었다.

◆ 유메 ◆

……오른쪽. 아, 너무 넘겼네. 약간만 왼쪽. 좋아. ……아냐, 으음……?
스마트폰을 거울삼아, 나는 몇 번이나 앞 머리카락을 세팅했다.
여기는 교토 타워 샌드 앞이었다. 양초처럼 하얀 탑을 등지고 선 나는 의붓동생이 오기만 기다리고 있었다.
물론 나는 이제 와서 그 남자와 데이트할 마음이 전혀 없지만, 룰 저촉에 따른 페널티라고 하니 거절할 수 없었다.
아니, 이렇게 데이트를 하는 것 자체가 룰에 저촉되는 느낌이 들었다.

"……아냐. 사이좋은 남매라면 휴일에 둘이서 놀기도 할 거야……. 하겠지? 일부러 집밖에서 만나기도 할 게…… 분명해!"

그렇다. 이것은 의붓남매 활동의 일환이다. 결코 남녀 간의 교제 같은 것이 아니며, 우리의 예전 관계와도 전혀 상관없다! 응!

시간을 신경 쓰며 앞 머리카락을 계속 세팅하고 있을 때, 주위에서 훈훈한 시선이 날아왔다.

이미지 체인지를 감행한 후로 남들의 시선에도 다소 익숙해졌지만, 그래도 이런 뜨뜻미지근한 시선은 대체 뭘까……? 길 가는 여성에게 말을 걸어대는 헌팅남조차도, 자식을 바라보는 아버지 같은 눈길을 나한테 보내고 있었다.

대체 뭐야. 안절부절못하며 앞 머리카락을 만지작거리는 게 그렇게 이상한 걸까. 아니면 옷차림 때문일까. 데이트라고 해서 꽤 신경을 쓴 게 문제인 걸지도 모른다. 으으으…… 바늘방석에 앉은 기분이야!

"……어떤 애가 오는 걸까……?"

"……저 애의 상대라면, 미남이 틀림없어……."

소곤거리는 목소리가 들려왔다.

겉모습을 신경 쓰게 되는 것도 여러모로 문제였다. 예전에 우리가 이렇게 밖에서 만날 때는 아무도 신경을 쓰지 않았는데, 지금은 묘한 기대감이 내 주위를 감싸고 있었다.

난처하네……. 곧 이 자리에 올 사람은 『패션』의 『패』 자도 모르는 듯한, 꾀죄죄한 남자다. 자화자찬 같아서 좀 그렇지만, 솔직히 말해 지금의 나와 그 남자는 외모가 전혀 어울리지 않는다.

이렇게 되면 조롱당할 것을 각오해야—.

마음속으로 그렇게 생각하고 있을 때, 저음이지만 청량한 느낌의 목소리가 내 귓불을 간지럽혔다.

"조금 늦었나 보네."

◆ 미즈토 ◆

"조금 늦었나 보네."

벽에 반쯤 기대선 유메에게 내가 그런 말을 건넨 순간의 일이었다.

그녀는 고개를 들어서 나를 보더니…….

"어어어……?"

……하고, 얼간이 같은 소리를 냈다.

나는 인상을 찡그렸다.

……역시 이 옷차림이 안 어울리나 보네. 안 그래도 나는 겉모습으로는 이 녀석의 상대가 못 되는데, 카와나미가 괜히 무리를 시키니까…….

왠지 주위의 시선이 나에게 쏠린 듯한 느낌이 들었다. 유메는 겉모습도 꽤나 귀여운 편에 속한다고 해도 과언이 아니다. 그런 유메가 기다린 사람이 나처럼 별 볼 일 없는 남자라서 다들 당황한 것이리라.

평소에는 주위의 시선을 신경 쓰지 않지만, 지금은 좀 거북했다.

카와나미…… 두고 보자.

"……으음."

유메는 눈을 몇 번이나 깜빡이더니, 나를 손가락으로 가리켰다. 그런 그녀의 손가락이 미묘하게 떨리고 있었다.

"내 의붓동생인…… 이리도 미즈토, 맞지? "

"네 의붓오빠인…… 이리도 미즈토야."

보면 알 수 있잖아.

유메의 시선은 머리끝에서 발끝으로, 그리고 발끝에서 머리끝으로 몇 번이나 왕복했다. 이윽고 어깨를 부르르 떨기 시작한 유메는 양손으로 자신의 입을 가렸다.

"머어어어엇——."

◆ 유메 ◆

——져어어어어어어어어~~~~~~~~~!!!!

나는 마음속으로 절규를 지르면서, 눈앞에 있는 남자를

다시 쳐다보았다.

딱히 화려하지는 않았다. 깨끗한 느낌을 중시한 옅은 색깔의 조끼, 셔츠, 데님 바지. 뭐, 무난했다. 같이 걷는 여자애가 낯뜨거워하지 않을 정도의, 무난한 옷차림이다.

그런데, 장난 아니었다.

단정한 이목구비가 자아내는 지적인 느낌과, 조금 난처한 듯한 표정이 절묘한 빈틈을 자아냈다. 내 안의 모성이 자극됐으며, 더욱 곤란하게 만들어주고 싶어졌다.

또한 목덜미 쪽에서 어렴풋이 드러나는 쇄골, 그리고 소매 밖으로 드러난 손목에서는 기묘한 색기가 뿜어져 나오고 있었다! 그런 부분으로 남자다움을 주장하는 건 반칙이잖아!

결정타는 외모와 몸가짐에서 은근슬쩍 어려 있는 그림자였다. 어어? 뭐야. 왜 그래? 무슨 일 있는 거야? 나한테 이야기해줄래? 무심코 그런 말을 하고 싶어졌다.

큰일 났다. 이 지적이면서 사연 있는 듯한 호남형 청년은 대체 뭐야? 큰일 났다, 큰일 났다. 내 망상이 구현된 걸까? 큰일 났다, 큰일 났다, 큰일 났다. 이 세상에서 급속도로 현실미가 사라졌다. 큰일 났다, 큰일 났다, 큰일 났다, 큰일 났다!

"……하고 싶은 말이 있으면 해줬으면 하는데 말이야."

미즈토는 약간 부끄러워하며 눈을 피하더니, 자연스럽게 세팅된 앞 머리카락을 손가락 끝으로 만졌다. 그 모습이 너무 잘 어울린 나머지, 주위에서도 새된 비명이 들려왔다.

주목을 받을 만도 했다. 여성향 스마트폰 게임에서 튀어나온 듯한 녀석이 느닷없이 나타났으니 말이다.

이 사람은 제 전 남친이자, 의붓동생이에요.

자랑하고 싶다는 충동에 사로잡혔지만, 나는 참았다.

……지, 진정해. 겉모습에 속지 마. 아무리 겉모습이 봐줄 만하더라도, 평소 드러나지 않던 긴 다리가 데님 바지에 강조되고 있더라도, 결국 그 내용물은 그 남자다. ―그렇다. 외모가 아무리 이상적이더라도, 성격까지 그럴 거란 보장은 없다.

"아…… 아무것도 아냐. 그것보다 이동할 거면 빨리 가자. 네 탓에 시간을 낭비했단 말이야."

나는 팔짱을 끼며 동요를 억누른 후, 어찌어찌 평소 같은 태도를 보였다.

휴우, 큰일 날 뻔했어. 이 남자가 외모만 봐줄 만한 쭉정이라 다행이야. 하아~ 살았다. 이 녀석이 상냥함과 믿음직함이 절묘하게 믹스되도록 힘 조절을 하며 손을 잡아 끌어주는 신사가 아니라서―.

"그래. 빨리 이동하자."

그렇게 말한 미즈토는 8할의 상냥함과 2할의 억지스러움을 담아, 내 손을 살며시 잡아끌었다.

주위의 여성들이 꺄아, 환성을 지르자 나는 과도한 심장박동으로 사망했다.

◆ 미즈토 ◆

항상 찻길 쪽을 걷는다.

그녀가 통행인과 부딪치려고 하면 은근슬쩍 잡아당긴다.

건널목에서 기다릴 때면 말을 건넨다.

그녀가 뭔가에 흥미를 보이는 것 같으면, 한 마디 건넨다.

나는 카와나미의 지시를 하나하나 실천에 옮겼다.

나답지 않은 짓을 하고 있다는 건 자각하고 있다. 사귈 때조차도, 그녀를 공주님처럼 배려한 적이 없다.

이 공주님 또한 그걸 느낀 건지, 언짢은 듯이 입을 꾹 다물고 있다. 쓸데없이 눈에 띄고 있는 건지, 주위에서 시선이 느껴졌다.

……이래선 꼬시지도 못하겠어. 역시 괜한 짓은 하지 말고, 평소처럼 행동하면 되지 않을까?

그렇게 생각할 때마다, 절묘한 타이밍에 호주머니 속에 있는 스마트폰이 진동했다. 『괜찮아』라는 카와나미로부터의 신호다.

……정말일까?

나는 퉁명한 표정으로 입을 꾹 다물고 있는 유메를 힐끔 쳐다보았다.

이제 와서 이런 식으로 상냥하게 대해줘봤자, 이 여자는 기분 나빠할 뿐일 것이다.

◆ 유메 ◆

기분 끝내줘~~~~~~!!

뭐야?! 이 남자, 오늘 왜 이러는 거야?! 완전 신사 그 자체! 상냥해! 일거수일투족이 내 마음을 자극해!

위, 위험해……. 나는 입술을 꾹 다물었다.

이런 대로변에서 히죽거렸다간, 위험한 인간 취급이나 당할 것이다. 참아야 한다. 참아야, 참아야…….

"……우와. 저 두 사람 좀 봐……."

"……대단하네, 완전 미남미녀잖아……."

스쳐 지나간 커플이 그렇게 중얼거리자, 내 입가가 씰룩거렸다.

1년 동안의 노력을 통해 정통파 미소녀로 클래스 체인지를 한 나(자칭 좀 하면 뭐 어때?)는 느닷없이 지적인 미남으로 트랜스 폼한 미즈토와 함께 걷고 있었다. 그러자 여기저기 굴러다니는 들뜬 커플들과는 차원이 다른, 기품마저 느껴지는 한 폭의 그림 같다는 점은 논할 여지가 없다.

무수한 사람들이 북적이는 이 자리에서, 우리는 정점에 서 있었다.

1년 전만 해도 음지의 존재였던 우리가— 교실의 짐짝에 지나지 않던 우리가!

……너무 기분 좋아…….

함께 걷고 있는 미즈토와 이야기를 나누는 것도 잊은 채, 나는 주위의 목소리에 귀를 기울였다. 아아, 또 우리를 가지고 수군거리는 소리가 들려.

"……흐음~. 참 사이좋아 보이는 커플이네……."

"이봐. 너무 쳐다보지 말라고……."

좋아! 괜찮아! 더 쳐다봐도 돼! 사이는 좋지 않지만 말이야!

◆ 미즈토 ◆

"……흐음~. 참 사이좋아 보이는 커플이네……."

"이봐. 너무 쳐다보지 말라고……."

그 목소리를 듣고 나는 무심코 돌아볼 뻔했지만, 나는 아슬아슬하게 참았다.

다시 등 뒤를 힐끔 돌아보자, 통행인들 사이에 숨듯이 신장 차가 심하게 나는 커플이 걷고 있는 모습이 눈에 들어왔다.

……카와나미 코구레와 미나미 아카츠키였다.

우리를 미행하는 미나미 양을 카와나미가 감시하기로 했는데, 아무래도 행동을 함께하게 된 것 같았다. 꽤 기묘한 더블데이트지만, 그래도 이중 미행보다는 건전할 것이다.

키가 큰 카와나미의 옆에 서서 그런지, 미나미 양의 아담한 체구가 더 강조됐다. 하지만 그 존재감은 절대 작지 않았다. 무도수 안경과 모자로 얼굴을 숨겼는데도 그녀라는 것을 바로 알아볼 수 있을 정도였다.

알아볼 수 없는 영어 문장이 인쇄된 오버사이즈 셔츠를 원피스처럼 입고, 가녀린 발을 아낌없이 드러낸 그 모습은 언뜻 보면 보이시하고 시원시원한 인상이다. 하지만 몸에 두른 아우라는 늪처럼 끈적끈적했다. 물/어둠 속성이란 느낌인걸.

—잘 들어, 이리도. 이것만은 절대 깜빡하지 마.

미나미 양을 관찰하던 나는 출발 전에 카와나미에게 들었던 말을 떠올렸다.

—여자애의 복장은 꼭 칭찬해. 알았지? 꼭이야.

으음. 그러고 보니 아직 그건 안 했다. 자기 복장만 신경 쓰느라, 기회를 놓치고 말았다.

타깃의 위치를 파악한 덕분에 몸과 마음을 다잡을 수 있었다. 이쯤에서 미나미 양에게 한 방 멋지게 날려주는 게 괜찮을지도 모른다.

나는 옆에서 걷고 있는 유메를 다시 쳐다보았다.

보이시 스타일인 미나미 양과 달리, 유메는 그 정반대인 소녀적인 느낌을 지향하고 있었다.

봄 느낌 물씬 나는 차분한 색상의 블라우스, 무릎 위까지 오는 하늘하늘한 스커트. 길고 날씬한 발은 푸른색 타이츠에 감싸여 있었다. 고교 데뷔를 했지만, 아직 맨다리를 드러내는 것에 익숙하지 않아 보였다.

머리에는 홍차 빛깔의 베레모를 쓰고 있으며, 바람에 흩날리는 긴 흑발이 더해지면서 어마어마할 정도로 『미술대학에 다니는 아가씨』 느낌이 물씬 풍겼다. 그야말로 상류층 영애 같았다.

저기, 방금 눈치챈 건데…….

이 녀석, 오늘 엄청 신경 쓰고 나온 거 아냐?

사명을 가지고 이 데이트에 임한 나보다 복장에 신경을 쓴 느낌이 들었다. 왜지……? 이 녀석은 오늘 데이트의 취지를 모르는데—.

아니…… 그래서, 인가?

이 녀석은, 내가 평범하게 데이트 신청을 한 것으로 알고 있다. 몇 달만인지 모르는 데이트에 말이다.

그래서 이렇게 예쁘게 꾸미고 나온 것이다. 보통은 그렇게 생각할 테지만…….

유메가 나를 힐끔 쳐다보았다. 긴 속눈썹이 몇 번이나 깜빡였다.

나는 무심코 고개를 돌렸다.

……젠장. 페이스가 흐트러져. 익숙하지 않은 짓을 하고 있어서야. 즉, 카와나미 탓이라고.

—이것만은 절대 깜빡하지 마.

그 녀석의 말이 머릿속에서 메아리쳤다. ……하아, 정말. 알았어, 알았다고. 말하면 될 거 아냐, 말하면!

"……오늘."

"응?"

유메가 미심쩍은 투로 그렇게 되물은 바람에 움츠러들 것만 같았지만, 나는 마음을 다잡으며 말을 이었다.

"꽤나…… 귀엽네."

목소리가 갈라졌다. 왠지 빈정거리는 것처럼 들렸다.

시, 실수했어……! 무심코, 평소 뉘앙스로……!

큰일 났다. 한시라도 빨리 변명해야겠다고 생각하며 옆을 쳐다 본, 바로 그때였다.

새빨개진 귀가 눈에 들어왔다.

유메는 자기 치마를 내려다보듯, 고개를 숙이고 있었다.

그리고, 커튼처럼 늘어뜨려진 검은 머리카락 너머에서 나보다 더 갈라진 목소리가 희미하게 들려왔다.

"고…… 고마, 워……."

…………이보세요. 이보세요 이보세요 이보세요 이보세요.

그게 남친이 있었던 적 있는 여자가 보일 반응이냐. 마치 첫사랑 중인 중학생 같잖아.

하아, 정말. 이래서 수줍은 많은 애는 봐줄 수가 없다니깐. 나까지 부끄러워진다고. 이제 그만 땟물 좀 벗으라고, 고교 데뷔 아가씨. 자, 이 몸이 시범을 보여주도록 할까.

“…………으, 응…….”

나는 고개를 돌린 채, 더 갈라진 목소리로 대꾸했다.

그 직후, 호주머니 안의 스마트폰이 마구 진동했다. 뭐, 카와나미. 불만이라도 있는 거냐! 우리가 수치심에 떠는 모습을 보는 게 그렇게 재미있는 거냐, 젠장!!

어딘가 미묘하게 멋쩍은 침묵이 우리 사이에 감돌았다. 하아, 이래서야 앞으로가 걱정이네. 아직 본격적으로 시작하지도 않았는데…….

“저, 저기 말이야.”

이 분위기를 환기하려는 듯이 유메가 입을 열었다. 나이스. 이번만큼은 칭찬해주겠어.

“우리…… 지금, 어디 가는 거야?”

어이쿠. 그러고 보니 아직 말 안 했지.

우리가 사이좋다는 것을 과시해서, 미나미 아카츠키를 포기하게 만든다. 그러기 위한 무대를, 데이트 코스 같은 건 하나도 모르는 나를 대신해 카와나미가 선정해줬다. 엄청 즐거워하면서 말이다.

그의 말에 따르면, 유원지는 대기 시간 동안 분위기를 유지하기 어려우니 위험하다고 한다. 영화관도 취향 차이가 드러날 수 있으니 위험하단다. 결론적으로, 적당히 인기가 있으면서 적당히 어두울 뿐만 아니라 적당히 즐길 수 있는—.

“수족관이야.”

◆ 유메 ◆

엄청 커플 느낌이 나.

입장료를 내는 미즈토의 옆에서 나는 그렇게 생각했다.

수족관은 커플이나 가족들만 가는 장소잖아. 이 남자, 왜 이런 곳에 나를 데려온 거지? 데이트를 하는 것도 아닌데— 아, 아니지, 데이트…… 맞나?

이렇게 데이트다운 데이트는 사귀던 시절에도 한 번도 한 적이 없다. 사귀기 전에 갔던 여름 축제와, 크리스마스 때 갔던 조명 축제와…….

아무튼, 마음을 놓아선 안 된다. 나는 경계했다. 아까는 느닷없는 칭찬에 약간 놀랐지만, 이 남자가 뭘 노리는 건지 모르니 말이다.

우선 태도를 통해 내가 경계심을 품고 있다는 것을 드러내자.

"꽤 어둑어둑한걸. 떨어지지 않게 조심해."

"알아. 어린애 취급하지 마."

"응."

미즈토는 고개를 끄덕이더니, 나에게 맞춰 차분한 걸음걸이로 어둑어둑한 수족관 안을 나아갔다.

……어라~?

나, 방금 꽤 날선 태도를 보였다고 생각하거든? 비아냥은? 쓴소리는? 평소의 밉살스러운 조소는 어디 간 거야? ……페이스가 흐트러지네.

아무래도 이 남자는 오늘 철저하게 남친 행세를 할 생각인 것 같았다. 뭐, 그런다고 내 호감도가 상승할 거라 여기는 게 우습지도 않지만 말이다.

자랑은 아니지만, 내 몸가짐은 남극의 얼음처럼 단단하다. 특히 이 남자에 대한 호감도는 사이가 나빴던 반년 동안 절대영도까지 얼어붙었다! 이런 벼락치기 남친 행세로 흔들릴 리가 없다.

그런데도 내 마음이 두근거리게 만들고 싶다면, 어디 한번 해봐. 어차피 부질없는 짓이겠지만 말이야!

"—이런."

그가 내 어깨를 꾹 끌어안았다. 「아, 죄송해요」 하고 말한 누군가가 고개를 가볍게 숙이며 우리 옆을 지나갔다.

"수족관은 의외로 사람이 많네. 부딪치지는 않았어?"

어깨! 귓가! 꾸욱~ 안았어! 속삭였어! 얼굴 가까워! 체취 좋아! 아아, 정말! 이런 짓 할 거면 미리 말해줄래? 나도 마음의 준비를 할 시간이 필요하단 말이야! 진짜로 눈치 없는 남자라니깐!!

"……언제까지 어깨를 안고 있을 거야?"

얼굴에 힘을 줘서 표정이 흔들리지 않도록 조심하면서,

나는 미즈토의 얼굴을 올려다보았다. 우와아, 진짜 외모가 괜찮네. 속눈썹이 길어. 입술이 얇아. 부러울 정도로 피부가 깨끗해. 평소에도 이러면 얼마나 좋을까. 아, 그랬다간 내 몸이 배겨 내지 못할 거야.

"아, 응. 미안해."

미즈토는 멋쩍어하며 내 어깨에서 손을 떼더니, 나한테서 반걸음 정도 떨어졌다. 그렇게 떨어지지는 않아도 되는데. 나는 어깨에 걸린 머리카락을 쿨하게 쓸어넘겼다.

……생각보다 꽤 하네. 이번에는 이 정도로 봐주겠어.

◆ 미즈토 ◆

『꿀꾸우우우우우우우우우울~!』

친구에게 전화를 걸었는데, 들려온 것은 돼지 멱따는 소리였다.

"확 출하해버린다."

『그거 되게 무섭네~! 좀 중증 오타쿠스럽게 웃었을 뿐이라고!』

"네가 오타쿠에 어떤 편견을 가지고 있는지 잘 알았어. 역시 출하해버릴래."

나는 현재 남자 화장실에 왔다.

수족관에 오고 아직 30분도 지나지 않았지만, 벌써 화장실 휴식을 취하기로 한 것이다. 물론 휴식을 취하게 한 것은 내 방광이 아니라 멘탈이다.

데이트는…… 어렵다.

이 세상의 커플은 대체 어떻게 이런 고난도 미션을 수행하는 걸까? 다른 손님에게 부딪치려고 해서 도와주면 날카로운 눈빛으로 노려보고, 수조에 있는 물고기를 쳐다보니 옆에서 노려보고, 말을 건넸을 때도 건성으로 대답하며 노려본다. 아무튼, 무슨 짓을 해도 일단 노려본다!

솔직히 말해, 확 죽고 싶다.

현재 나에게 가장 어울리는 책을 꼽자면, 그것 틀림없이 『인간실격』이다. 나는 여자가 없는 곳으로 떠날 거야—. 아, 이 대사는 이렇게 가벼운 의미가 아니었던 것 같은 느낌이 든다.

"도와줘, 카와나미. 나를 다자이 오사무로 만들 생각이 아니라면 말이야."

『문호가 될 수 있다면 오히려 잘 된 거 아냐~?』

카와나미는 웃음기 섞인 목소리로 그렇게 말한 후, 『아앙? 아무것도 아냐. 생선이나 쳐다보며 진정하라고, 꼬맹아』 하고 누군가에게 말했다. 미나미 양일까. 되게 허물없네.

"보고도 모르겠어? 분위기가 완전 최악이라고! 더 했다간 위에 구멍이 날 거야!"

『뭐? 진짜로? 너는 그렇게 느끼고 있는 거야?』

“느껴지고 자시고를 떠나, 그게 사실이잖아.”

『확실히 보고 있으면 더는 못 배길 듯한 느낌이 들긴 해. 꿀꾸우우우울!』

남의 불행을 가지고 웃는 거냐! 네가 꾸민 일이잖아!

『아무튼, 내가 해줄 말은 하나 뿐이야. —전선에서의 판단에 맡기도록 하겠다!』

“떠넘기고 내빼지 말라고! 자기 소임을 다하란 말이야, 사령관!”

『어이쿠. 슬슬 끊는다. 야생마가 폭주 직전이거든. 귀관의 분전을 기대하겠다!』

카와나미 사령관은 일방적으로 통신을 끊었다. 어이, 전기물에서 그딴 짓 한 인간은 마지막 부하한테 등에 칼 맞고 뒈지거든? 기억해두라고.

나는 한숨을 내쉬며 스마트폰을 집어넣었다.

점점 내 목적이 무엇이었는지 알 수가 없었다……. 나, 저 자식에게 놀림당하고 있는 거 아냐?

아니, 애초에 내가 그 여자를 지켜줘야 할 이유가 어디 있지? 위험인물을 친구로 삼은 건 그 여자의 책임이잖아. 연인도 아닌 녀석을 위해, 내가 왜 이런 고생을 해야 하는 걸까?

나는 발끈하면서 화장실을 나섰다.

……경위가 어떻게 됐든, 내가 시작한 일이다. 그 여자도 휴일에 나한테 어울려주고 있는 만큼, 멋대로 데이트를 중

단하지는 않을 것이다. 하지만 석연치 않다는 점에는 변함이 없었다. 왜 이제까지 의문으로 여기지 않았던 걸까…….

합류 장소는 화장실 근처에 있는 자판기 앞이었다. 카와나미에게 클레임을 거느라 꽤 시간을 허비했으니, 그 여자도 이제 기다리다 지쳤을 것이다. 잔소리 듣는 것을 각오하며, 나는 그 장소로 향했다.

"……어?"

오른쪽을 쳐다보았다. 왼쪽을 쳐다보았다. 앞쪽을 쳐다보았다.

자판기 앞에 아무도 없었다.

나는 뒤를 돌아보았다. 여자 화장실 앞에는 줄이 생겨 있었다. 하지만, 유메는 그사이에 없었다.

한동안 기다렸지만, 상류층 아가씨 느낌의 여자는 화장실에서 나오지 않았다.

"…………어라?"

◆ 유메 ◆

스마트폰이 진동했다.

커다란 수조 사이의 통로에서 주위를 두리번거리던 나는 매우 내키지 않았지만, 어쩔 수 없이 응답 버튼을 머뭇거리며 터치했다.

"……여보세요."

『여보세요. 너, 지금 어디야?』

나는 몸이 굳어졌다. 옆의 수조에서는 이름 모를 물고기가 무리를 지어 헤엄치고 있었다.

정말 싫지만, 사실을 고백할 수밖에 없을 것 같았다.

"…………모르겠어요…………."

『……아~.』

여자 화장실은 붐볐다. 기다릴 마음도 들지 않을 만큼 줄이 길어서, 다른 화장실에 가자고 무심코 생각했다. 빨리 다녀오면 될 거라고, 생각하고 말았다.

오산은 총 세 가지였다. 우선, 다른 여자 화장실은 생각보다 먼 곳에 있었다. 그리고, 수족관 안은 생각했던 것보다 복잡했다. 마지막으로, 나는 지도를 보고 길을 찾는 게 서툴렀다. 마지막은 오산도 뭐도 아니었다. 추리 소설의 평면도는 잘 파악하는데!

그리하여…… 인정하기 싫지만, 미아가 되고 말았다.

아아아아아……! 내가 왜 이런 걸까……! 길도 모르면서 함부로 돌아다니지 마! 하지도 못할 일을 할 수 있다고 여기지 마! 왜 이렇게 학습 능력이 없는 거야! 대체 왜!

"미…… 미안해……."

극심한 후회에 사로잡힌 나는 가녀린 목소리로 그렇게 말했다. 아아, 쓴소리의 비가 내릴 거야……. 기회를 잡았다는 듯이 인신공격을 폭풍처럼 퍼붓는 그 남자의 얼굴이 눈앞에 어른거렸다. 하지만 이번만큼은 변명의 여지가 없다. 참을 수밖에 없다고 여기며 각오를 다졌다.

하지만— 스마트폰에서 들려온 목소리는…….

『……아냐. 너는 잘못 없어. 주의를 기울이지 않은 나한테도 잘못은 있어.』

상냥하고, 부드럽게…….

내가 아는 이리도 미즈토와는 전혀 다르게, 나를 배려해 줬다.

……가슴이 술렁거렸다.

기쁜 건 아니다. 기분 나쁜 것도 아니다.

하지만, 모래폭풍 같은 술렁거림이 내 가슴 속을 가득 채우고 있었다.

『그래……. 근처에 있는 수조에서 헤엄치고 있는 물고기가 뭔지 가르쳐줘. 그걸로 내가 찾아갈—.』

"—이상해."

견디다 못한 나는 무심코 그렇게 중얼거렸다.

"그게…… 아니잖아."

『…………뭐.』

해선 안 될 말을 했다.

그 말을 입에 담고서야, 눈치챘다.

하지만, 이제 돌이킬 수 없다. 엎지른 물은 주워 담을 수 없다. 입에서 나온 말을, 다시 입안으로 되돌릴 수는 없다.
나는 그것을, 알고 있다.
귀가, 그리고 가슴이 아려올 정도의 침묵이 스마트폰에서 감돌았다. 겨우 3초 만에 버틸 수 없게 됐다. 스마트폰을 귀에서 뗀 나는 전화를 끊었다.
나는 옅은 조명에 비친 천장을 올려다본 후, 옆에 있는 벤치에 털썩 앉았다.
"…………하아…………."
……사고 쳤다…….
말주변이 없으면서, 왜 내 입은 괜한 소리를 이렇게 술술 늘어놓는 걸까…….
나는 대체 그 남자에게 무엇을 바라는 걸까. 남매로서 잘 지내고 싶다면, 상대의 상냥한 태도를 반겨야 할 것이다. 바라던 바라고 해도 과언이 아니다. 실제로 오늘 미즈토는, ……참, 괜찮은 사람이었다.
쓴소리의 비보다는 훨씬 낫다. 비아냥의 폭풍보다 훨씬 낫다. 짜증 날 정도로 으르렁대며 다투는 것보다, 몇억 배는 기분 좋다.
하지만.
방금 내 발언은, 그런 다툼을 바라는 것만 같았다…….
나는 대체, 뭐가 하고 싶은 걸까.
나는 대체, 뭐가 되고 싶은 걸까.

—이런 게 싫어서, 헤어진 것 아니었어?

◆ 미즈토 ◆

나는 수족관 안을 정처 없이 돌아다니며, 가슴 속에 가득 찬 응어리에 시달렸다.

사이가 나빠진 후로 반년 동안, 나는 날이 갈수록 아야이 유메란 여자애를 싫어하게 됐다. 일거수일투족, 말 한마디 한마디가 거슬렸다.

그것이, 너무나도 고통스러웠다.

예전에는 너무나도 좋아했던 것. 소중했던 것. 그런 것들이 점점 싫어지며, 귀찮게 여겨지는 것이 너무나도 큰 고통이었다.

그래서, 헤어졌다.

연인이 아니게 된다면, 그녀를 싫어하게 되더라도 아무런 문제도 없으니까. —그게 당연한 것이니까…….

—그게…… 아니잖아.

하지만. ……너는, 그런 관계가 더 좋은 거야?

서로를 싫어하고, 미워하며, 서로에게 상처를 주는 관계가 낫다는 거야?

내가 헤어지자는 말을 꺼낸 게, 잘못이었던 거야?

달갑지 않은 친절이었던 거야?

가족과 커플로 북적이는 통로 한가운데에서, 나는 어느새 멈춰 섰다.

……그렇다면, 왜 말해주지 않은 거야.

헤어지기 싫다고 말해서, 나한테 폐를 끼치기 싫었던 거야?

"……폐, 라……."

그러고 보니 전에도 비슷한 일이 있었지.

미아가 된 그 여자를 내가 찾으러 가는— 지금과 똑같은 상황 말이다.

그건…… 그렇다. 우리가 정식으로 사귀기 전의 일이다.

나에게 있어, 인생 첫 데이트 때의 일이다.

◆ 유메 ◆

그건 내가, 인생에서 처음으로 용기를 낸 순간일지도 모른다.

아직 학교 도서실에서 매일 이야기를 나누는 사이일 뿐이었을 때, 나는 그 남자에게 여름 축제에 같이 가자고 말했다. 지금 생각해보면 사람들로 붐비는 곳을 질색하는 그 남자에게 그런 제안을 한 것은 부적절한 짓이었다. 하지만 당시의 그 남자는 배려 기능을 탑재하고 있었기에, 부드러운 미소를 머금으며 승낙했다.

그리고 간 여름 축제는 예상 이상으로 사람들로 붐볐고…….

아니나 다를까, 나는 미아가 되고 말았다.

인생 첫 데이트에서 미아가 된다는 추태, 시시각각 허비되는 시간, 익숙하지 않은 탓에 고문도구로 변한 나막신. 이 세 가지 요소가 합쳐지자, 금세기 들어 최고로 죽고 싶어졌다.

어찌어찌 인파에서 벗어나 노점 앞에서 몸을 웅크리고 있을 때, 이리도한테서 연락이 왔다. 걱정해주는 그에게 나는 콧물을 훌쩍이며 하염없이 사과했다.

—미안…… 미안해……. 폐를 끼쳤네…….

괜찮으니까 거기서 기다려, 라는 말을 끝으로 그는 전화를 끊었다.

……분명 화났을 것이다.

그렇게 생각하니, 점점 더 침울해졌다.

나 스스로가 너무 한심했다. 둔해 빠지고, 요령 없으며, 하는 일마다 잘 풀리지 않았다……. 이번에야말로 잘해보려고 했지만, 결국 이렇게 되고 말았다.

나는 옛날부터 나 자신이 싫었다. 남들이 아무렇지 않게 해내는 일을, 나만 해내지 못했다. 남들처럼 말주변이 좋지도 않아서, 남들처럼 살아갈 수 없다. ……아빠도, 이 세상에 없다.

하다못해, 남들에게 폐를 끼치지 않으며 살고 싶었다.

하다못해, 좋아하는 사람에게 폐가 된다고 여겨지고 싶지 않았다.

그런데 욕심을 부리고, 마음이 들떠서, 우쭐댄— 결과가, 바로 이것이다.

소음이 점점 멀어졌다. 의식이 지면에 빨려 들어가는 것만 같았다. 딱히 상관없다. 지면 속에 스며들어가서 사라질 수만 있다면, 바라는 바다.

나 같은 애는 사라져버리는 편이 세상을 위해 도움이 될 것이다.

마음이 이 세상과 거리를 뒀다. 두 번 다시 얽히지 않도록, 두 번 다시 폐를 끼치지 않도록, 두껍고 높은 벽을 만리장성처럼 세웠—.

눈앞에 음료수 캔 한 개가 나타났다.

—어?

고개를 들어봤다. 이리도가 나를 내려다보며 옅은 미소를 짓고 있었다.

그는 캔을 내민 채, 내 앞에서 몸을 웅크렸다.

—저기, 아야이.

그는 같은 눈높이에서, 내 눈동자를 똑바로 응시했다.

—나는 지금, 이 인파 속에서 너를 찾으러 돌아다닌 덕분에 솔직히 지쳤어. 게다가 스마트폰 너머로 네 울음소리를 계속 들은 바람에 정신적으로 피폐해졌다고.

—……으…….

—하지만 말이야. ……이 정도로 경멸할 만큼, 나는 너를

모르진 않아.

나는 그가 내민 캔을 쳐다보았다. ……그건 일전에 딱 한 번 내가 좋아한다고 말한 적이 있는 홍차 캔이었다.

—네가 둔해 빠지고, 요령 없는 애라는 건 알아. 미아가 되기 쉽다는 것도 오늘 알았어. 그걸 알면서도, 나는 지금, 여기 있는 거야.

이리도는 나에게 홍차 캔을 억지로 건네줬다. 캔에는 물방울이 맺혀 있었으며, 차가웠다.

—그러니까, 두려워하지 마. ……나한테는, 얼마든지 폐를 끼쳐도 돼.

나는 홍차 캔을 양손으로 감싸 쥐며, 고개를 숙였다.

이리도의 얼굴을 볼 수가 없었다. 뭔가가 폭발할 것만 같아서, 무너지고 말 것만 같아서, 지금보다 더 꼴사나운 모습을 보여줄 것만 같아서…….

믿기지 않을 만큼 달아오른 얼굴을 조금이라도 식히고 싶어서, 나는 홍차 캔을 따려고 했다. 하지만…….

—…………딸 수가 없어………….

이리도는 상냥히 미소 지었다.

—줘봐.

이 일로, 최악이었던 내 첫 데이트는 무엇과도 바꿀 수 없는 추억이 됐다.

다음 해에도 그와 함께 축제에 가고 싶다, 고 나는 생각했다. 이번에야말로 미아가 되지 말고, 축제를 함께 즐기고 싶었다.

……하지만, 그 리벤지는 이뤄지지 않았다.

새해 여름 방학 직전, 예의 그 다툼이 벌어졌기 때문이다.

데이트를 할 상황이 아니었다. 한 달이 넘는 여름 방학 동안, 우리는 아무런 약속도 하지 않았다.

하지만 나는 축제에 가고 싶었다.

사람들로 붐비는 길을 홀로 걸어간 나는 1년 전, 그가 나를 찾아줬던 장소에서 몸을 웅크렸다. 그리고 인파를 바라보고, 바라보고, 또 바라봤지만— 당연히, 아무도 나타나지 않았다.

만약, 그와 다투지 않았다면.

그렇게 생각하며, 이 인파 안에 있는 자신과 그의 모습을 상상했다.

……약해빠졌네. 정말 약해빠졌어.

다 지나간 일을 언제까지 붙들고 있는 걸까. 만약이나 if 같은 걸 상상해본들, 현실에는 존재하지 않는데 말이다.

애초에 약속도 하지 않았는데 아름다운 추억에 매달리며 상대방이 자신을 찾아주기를 기대하는 것 자체가 문제인 것이다.

진짜로 화해하고 싶다면 더 심플하게, 직접적으로, 전화든 뭐든 걸어서, 말을 해야 했다.

그러지 못한 시점에서, 우리는 이미 끝난 것이었다.

…………돌아가자.

수족관의 커플과 가족을 관찰하는 것도 질렸다. 나는 미아가 되긴 했지만, 이 인파에 휩쓸려 이동하다 보면 출구에 도착할 것이다. 그렇게 생각하며 고개를 든 순간…….

눈앞에 음료수 캔 한 개가 나타났다.

"……어?"

고개를 들었다.

이리도 미즈토가 있었다.

나를 내려다보며 옅은 미소를 짓고 있는 그 얼굴은, 일전의 그때와 달리 미남 그 자체였다. 하지만 그가 내민 캔은 그때와 마찬가지로 홍차 캔이었다.

그는 말했다.

상냥함이 전혀 어리지 않은, 비아냥거리는 듯한 미소를 머금으며…….

"마중 왔습니다, 아가씨. 방향

감각은 수리하시는 편이 좋지 않으신지요?"

◆ 미즈토 ◆

이제까지 벌어둔 호감도를 전부 쓰레기통에 처박는 듯한, 심술궂은 쓴소리였다. 그 말을 들은 순간, 유메는 놀란 것처럼 눈을 치켜떴다.

그 여름 축제 때, 나는 수많은 인파를 헤치며 그녀를 찾아다녔다. 스마트폰 너머로 듣고 싶지도 않은 우는 소리를 들어야 했다. 그리고, 홍차 캔도 대신 따줬다.

그녀에 대한 내 호감도가 상승할 요소는 단 하나도 없었다.

짜증이 나면 몰라도 호감을 갈 만한 일을, 이 여자는 아무것도 하지 않았다— 객관적으로 봐서, 그 데이트는 완벽한 실패였다.

하지만, 진짜, 어떻게 된 건

지…… 나는, 그 데이트를 계기로, 이 애의 곁에 있고 싶다고— 생각하게 됐다.

보호 욕구일까. 아니면 남에게 자식의 약한 면을 순순히 보여주는 너를, 마음 한편으로 부럽다고 생각한 걸까…….

어느 쪽이든 간에— 두 눈으로 본 순간, 눈치챘다.

벤치에 앉은 저 여자애의 이름은, 이리도 유메.

새롭게 생긴, 마음에 들지 않는 의붓남매.

아야이 유메가 결코 아니며…….

아직, 추억이 되지 않은 존재다.

유메는 내가 내민 캔을 보더니, 물방울이 맺혀 있는 그 캔을 양손으로 감싸 쥐었다.

그녀는 말했다.

연약함과는 거리가 먼, 심술궂은 미소를 머금으며…….

"마중 오느라 수고했어. 너야말로 독서 취향을 수리하는 편이 좋지 않을까?"

"뭐라고? 이 자식, 밖으로 나와. 비브리오 배틀로 승부다."

"그럼 선공, 나. 사카구치 안고 『불연속 살인사건』."

"그럼 후공, 나. 모리 오가이 『무희』."

"토요타로란 쓰레기 따위를 떠올리게 하지 마!!"

"『불연속 살인사건』도 쓰레기의 온퍼레이드잖아!!"

"대부분 죽어버리니까 괜찮아!!"

그런 식으로 가벼운 인사를 나눈 후, 나는 유메의 옆에 앉았다.

유메는 손에 쥔 캔을 쳐다보았다. 물방울이 맺힌 캔의 뚜껑은 열려 있지 않았다. 유메는 가느다란 손가락을 고리에 걸고 천천히 잡아당겼다.

고리가 잠시 저항하더니, 곧 푸쉭 하고 공기가 새는 소리가 들려왔다.

누구의 도움도 받지 않고, 간단히 땄다.

나도 캔을 딴 후, 유메와 둘이서 음료로 입술을 축였다.

눈앞에는 커플과 가족이 우글거리고 있었다. 지금 우리는 어느 쪽에 속할까, 하는 생각이 문득 들었다. 커플일까, 가족일까. 아니면 다른 무언가일까.

예전에 아야이 유메와 나란히 있었을 때, 나는 긴장할 수밖에 없었다.

심장이 뛰고, 손에 땀이 났으며, 온몸이 딱딱하게 굳었다.

하지만, 지금— 같은 여자가 바로 옆에 있지만, 내 심장은 평온 그 자체였다.

그럴 만도 했다.

지금의 나에겐, 이 여자의 마음에 들어야만 한다는 의무가 없다.

나는— 우리는— 그 의무에서, 해방된 것이다.

"……저기."

유메는 캔에서 입을 떼며 말했다.

"저 수조 안에 시체가 있을 것 같지 않아?"

나는 캔에서 입을 떼며 말했다.

"입원하는 편이 낫지 않아? 미스터리 뇌. 괴기현상에서 목숨을 겨우 부지했지만 정신에 문제가 생기고 만 녀석 같은 발언이라고."

"뭐야. 그런 너는 기온 축제의 수레에 달린 안테나처럼 뾰족한 부분을 보고, 『저기에 시체를 걸어두면 꽤 재미있는 사건이 될 것 같네』 같은 생각을 한 적 없는 거야?"

"그런 천벌&흉흉한 생각은 꿈에서도 해본 적 없어. 망상을 해봤자 『카모 강에 식인 상어가 나타나서 동일 간격으로 누워있는 커플을 차례차례 잡아먹는다』 정도야."

"그게 더 흉흉하잖아! 그리고 그런 얕은 강에서 상어가 헤엄칠 수 없거든?!"

"상어에게는 무한한 능력이 있으니 괜찮다고!"

"어류 따위에게 그딴 건 없어!"

"좋아. 그럼 확인하러 가자. 마침 여기는 수족관이야. 상어가 지닌 무한한 파워에 전율한 너는 저절로 무릎을 꿇게 될 거야."

"이 남자, 왜 이렇게 자신만만한 거야……. 전설 속의 이름을 따와서 예고장을 남기는 살인귀보다 더 불손하네."

우리는 자리에서 일어난 후, 빈 캔을 근처에 있던 쓰레기 통에 던져 넣었다.

아하, 하고 나는 생각했다.

상대방의 마음에 들어야 한다는 의무도, 상대방에게 미움을 받아야 할 이유도 없다. —그저 한때 사귄 적이 있을 뿐인 의붓남매.

생각해보니, 사귀면서도 사이가 나쁜 것보다 훨씬 나은 것 같았다.

"망할 마니아."

"망할 오타쿠."

뜬금없이 서로에게 독설을 뱉었다.

마음은 전혀 아프지 않았다.

◆ 유메 ◆

"꺄앗?! 물이 여기까지 튀었어!"

"앗, 인마! 아무렇지도 않게 남의 등 뒤에 숨지 마!"

"되게 시끄러운 벽이네. 돌고래의 울음소리가 안 들리거든?"

"의붓오빠의 목소리보다, 알아듣지도 못하는 돌고래 목소리가 더 중요하다는 거냐?! 이 여자에게는 홀딱 젖어 노출 서비스 컷 형을 내리노라!"

"잠깐만, 안 돼 안 돼 안 돼! 오늘 옷은 젖으면 안 된단 말이야! 바보 바보 바보!!"

나는 미즈토와 함께 입장료만큼 수족관을 즐겼다.

펭귄의 사랑스러움에 마음이 깨끗해지고, 돌고래쇼에서는 서로를 방패로 삼았으며, 수족관 안의 카페에서 점심을 먹었다. 물론, 평소처럼 서로에게 악담하면서 말이다.

돌아가는 길에 서점에 들러 책을 산 후, 집에 돌아가니 저녁때였다.

「다녀왔습니다~」 하고 지친 목소리로 말했지만, 거실에서는 대답이 들려오지 않았다. 어른들은 아직 돌아오지 않은 것 같았다.

"하아. 왠지 엄청 피곤해. 역시 익숙하지 않은 옷차림은 하는 게 아니네."

내 뒤를 이어 신발을 벗은 미즈토가 어깨를 주무르며 목을 풀었다.

아아…… 저 모습도 이제 끝이구나. 아쉬움이 느껴지지 않는다면 거짓말일 것이다. 이 남자는 내가 부탁하더라도 이번 같은 옷차림을 해주지 않을 것이다.

뭐, 괜찮아. 솔직히 말해, 오늘 온종일 보면서 좀 질리기도 했거든. 충분히 즐겼어.

나도 실내복으로 갈아입자— 하고 생각하며 계단으로 향한, 바로 그때였다.

"……어. 우와, 카와나미한테서 LINE이 엄청 왔네."

헤어 왁스를 씻어내려는 건지 세면장으로 향하던 미즈토가 멈춰서더니, 스마트폰을 확인했다.

그리고 그 화면을 쳐다보며…….

호주머니에서 케이스를 꺼내더니…….

그 안에서— 테가 검은색인 안경을 꺼냈다!

"—윽?!"

안경? ……안경!

그렇다…… 이 남자는 집에서 컴퓨터나 스마트폰을 쓸 때, 블루라이트 차단 안경을 쓰는 습관이 있다!

그것을, 지금…….

내 망상을 구현한 듯한, 대학생 가정교사 스타일인 상태에서!

——썼다.

지적인 이미지에 더욱 박차가 가해진 순간, 내 안에서 뭔가가 터졌다.

"……하아. 이 녀석, 텐션이 왜 이렇게 치솟은 거야. ……뭐, 일단 머리카락부터—."

"스토오오오오오오오오오오오오오오오오오오오오옵!!!!"

세면장 문손잡이를 움켜쥔 미즈토의 어깨를, 내가 힘껏 움켜쥐었다.

미즈토는 어깨를 흠칫하며 나를 돌아보았다. 렌즈 너머의 눈이 동그래졌다.

"어, 어? 뭐? 스톱?"

"머…… 머리, 풀면, 안 돼! 아직!"

문맥이 엉망진창이지만, 의미는 전달된 것 같았다. 검은색 테 너머의 눈썹이 약간 찌푸려졌다.

"머리를 풀지 말라니…… 왜?"

안경이 너무 잘 어울리거든.

물론 그런 말은 할 수가 없었다.

새, 생각해……! 얼간이 짓이나 할 때가 아냐! 중학생 때의 내가 아니라는 걸 증명해야 할 거 아냐! 무시무시할 정도로 안경이 잘 어울리는, 지적인 이미지와 권태로운 이미지가 동거하고 있는 문학청년을 한동안 더 즐길 수단을, 지금 바로 생각해내는 거야!

태어나서 이렇게까지 뇌세포를 풀가동시킨 건 처음이었다. 기억을 뒤져 돌파구를 찾은 결과, 나는 좋은 아이디어가 생각났다.

이거다!

"소…… 속옷 사건의 페널티야! 누, 누나로서, 동생의 멋진 모습을 기록으로 남겨둘래!"

◆ 미즈토 ◆

서로에게, 미풍양속에 저촉되지 않는 범위에서 상대방에

게 명령을 한번 내려도 된다.

속옷 사건 때 획득한 그 권리로 나는 유메와 데이트를 하는 데 성공했지만, 그녀는 아직 그 권리를 행사하지 않았다.

나도 방금까지 그 점을 깜빡하고 있었지만…….

……설마, 이런 식으로 써먹을 줄은 몰랐다.

"소파에 앉아. 그래. 그리고, 다리를 꼬아. 그래! 그리고 이 문고본을 무릎 위에 펼쳐! 그래그래! 그리고 팔걸이에 얹은 손으로 턱을 괴는 거야! 그래그래그래그래!"

찰칵찰칵찰칵찰칵!! 하고 유메의 스마트폰에서 촬영음이 터져 나왔다.

정면에서. 오른쪽에서. 왼쪽에서. 약간 낮은 앵글에서. 나는 마네킹처럼 굳은 채, 표정이 굳는 것을 참아야만 했다.

"에헤. 에헤헤. 에헤헤헤헤헤헤헤헤헤……!"

그것도 그럴 것이, 유메의 얼굴이 축 늘어져 있었던 것이다.

그것도 첫 키스 때보다 더 행복한 표정을 짓고 있었다.

"……이봐. 이건 의붓동생 상대로 지을 표정이 아니라고, 누나."

"뭐? 무슨 소리야? 좀 멋지다고 우쭐거리지 말아 줄래?"

"으…… 응."

"호리호리한 체형도, 살랑거리는 머리카락도, 가늘고 긴 손가락도, 약간 날카로운 눈매도, 전부 내 이상형 그 자체지만, 그래도 해도 될 말과 안 될 말이 있어!"

"으…… 응……."

취향에는 맞는 것 같았다.

완전 한복판 스트라이크인 것 같았다.

마음에 들지 않은 줄 알았는데, 스타일리스트 카와나미는 완벽하게 자신의 소임을 다한 것 같았다.

나도 부끄러워진 나머지 얼굴을 옆으로 돌리면서, 턱을 괸 손으로 입가를 가렸다. 그러자 그게 심금을 울린 거처럼, 스마트폰의 촬영음이 더욱 가속됐다.

멋쩍어서 견딜 수가 없었다. ……뭐, 카와나미가 시키는 대로 한 보람이 있지만 말이다.

"에헤헤헤헤…… 스마트폰이 미남으로 한가득……."

유메가 행복해 죽으려는 표정으로 내 사진을 바라보자, 내 안에서 서비스 정신이 싹트는 게 느껴졌다. 나는 놀리는 듯한 미소를 지으며 말했다.

"사진만으로 만족하는 거야?"

이 자리에 있는 한 남자가 기고만장했다.

"기왕 이렇게 됐으니, 누나의 요구를 하나 더 들어줄 생각이 있다고."

"뭐? ……저, 정말? 뭐든 괜찮아?!"

"내가 할 수 있는 거라면 말이지."

"그, 그럼 말이야!"

유메는 눈을 찬란히 반짝이더니, L자 모양의 소파에 털썩 앉았다.

“내가 여기 앉아 있을 테니까, 등 뒤에서 상냥히 포옹하면서 귓가에 한 마디 속삭여줘.”

“……대체 뭐 하자는 거야?”

“어, 어디까지나 페널티야! 내 취향과는 전혀 상관없어! 소파에 앉은 누나를 등 뒤에서 상냥히 포옹해주며 귓속말을 하는 건, 동생의 당연한 의무잖아!”

그딴 의무가 세상천지에 어디 있냐고.

……하지만 명령권은 저 녀석한테 있다. 나는 따를 수밖에 없다. 없는 것이다.

나는 자리에서 일어난 후, 소파에 앉은 유메의 등 뒤로 돌아갔다. 뒷모습만 봐도 그녀의 가슴이 얼마나 뛰는지 알 수 있었기에, 덩달아 나 또한 긴장감에 사로잡혔다.

뭐라고 속삭이면 되지……? 아마 순정 만화에 나오는 대사 같은 게 좋을 것 같은데…… 으음…….

간접적으로 접한 순정 만화 지식에서 그럴듯한 대사를 골랐다. 진짜로 이 말을 해야 하는 거냐. 이딴 말을 하는 남자가 세상에 있는 거냐고. 하아아아, 정말! 부끄러워서 죽겠네!!

◆ 유메 ◆

흥분에 사로잡혀 당치도 않은 요구를 한 느낌이 들었지

만, 괜찮을 거야.

대체 무슨 말을 할까. 어떤 식으로 속삭일까. 두근두근. 콩닥콩닥.

그런 상태에서 시간만이 흘러갔다. 세 번 정도 엉덩이의 위치를 조절했을 때, 등 뒤의 인물이 마음을 굳힌 듯한 기척이 느껴졌다. 드디어 하려는 것 같았다. 가슴이 더욱 크게 두방망이질쳤다. 큰일 났다. 엄청나게 흥분됐다. 몸이 딱딱하게 굳었다. —바로 그때.

마치 날개에 감싸이듯, 그가 등 뒤에서 내 어깨를 감싸 안았다.

그리고 입술의 존재마저 느껴질 만큼 가까운 거리에서, 맑으면서도 남자다운 묵직함을 지닌 목소리가, 내 귓가에서, 나에게만 들리도록— 속삭였다.

"(—잡았어.)"

그 후로는 기억이 없다.

◆ 미즈토 ◆

그 순간, 맹렬한 후회가 온몸에서 샘솟았다. 내가 지금 무슨 소리를 한 걸까. 지금 바로 상어한테 잡아먹혀 버려라.

하지만. 하지만 말이다. 말해줬다. 말해줬다고. 바라는 대로 속삭여줬단 말이야! 제대로 달콤하게 말이지! 자, 폭소든 뭐든 다 해봐! 나는 각오를 다졌다. —그때였다.

유메의 어깨를 안고 있는 내 팔에, 새하얀 손이 살며시 닿았다.

뒤를 돌아본 유메의 검은색 다이아몬드처럼 촉촉한 눈동자가, 나를 올려다보며, 살며시, 이 세상 모든 이의 눈길을 피하듯— 속삭였다.

"(—잡혀버렸어.)"

그 후로는 기억이 없다.

◆ 유메 ◆

이리하여, 느닷없이 발생한 수족관 데이트 사건은 끝났다. 자택 거실에 시체 두 구가 발생한다는 참담한 결말이었다.

하지만, 풀리지 않은 수수께끼도 많다. 결국, 현관에 있던 여성용 로퍼는 뭐였을까. 미즈토가 일부러 멋까지 부리면서 나와 데이트를 한 이유는? 그리고, 거실에서의 촬영회 때 나뿐만 아니라 미즈토까지 죽은 건 어째서일까? 내가 무슨 짓을 했나?

소화불량인 느낌이다. 미스터리였다면 낙제점이다. 확실한 것이라고는, 스마트폰 안에 이상적인 미남의 사진이 잔뜩 저장되어 있다는 점뿐이었다.

"하아……. 멋져……."

"……당사자 앞에서 사진을 보며 좋아 죽으려고 하지 말아 줄래?"

어느새 후줄근 수수남으로 돌아온 미즈토와 스마트폰 안의 미남 가정교사(느낌의 미즈토)를 번갈아 쳐다보았다.

"……저기, 확 죽었다가 이 모습으로 환생할 생각 없어?"

"죽었다 환생 안 해도 그 모습이 될 수 있다고!!"

에이~. 무리야, 무리. 종족 자체가 다른걸.

들은 이야기에 따르면, 이 스타일은 카와나미 프로듀스였다고 한다. 기회를 봐서 노하우를 계승해야 한다. 그러면 안정 공급도 꿈이 아니다. 일단 인쇄해서 침대 위의 천장에 도배해야겠다. 에헤헤헤…….

"……너, 텐션이 상승하면 폭주하는 버릇 있지?"

"응? 내가 언제 폭주했다는 거야?"

"자기 자신에 대해 모르는 데도 정도라는 게 있다고."

"너한테 그런 말 듣고 싶지 않아. 자기가 얼마나 잘생겼는지도 모르면서 말이야."

"이래 가지고 용케 우등생 캐릭터로 먹고사네!"

확실히 정신이 나가면 자기가 무슨 짓을 하는지 모를 때가 있긴 하지만, 절찬리에 외톨이 가도를 달리고 있는 음침남이 걱정해줄 정도는 아니다.

"유메, 좋은 아침~!"

"좋은 아침이야, 미나미 양."

월요일에 등교한 나는 미나미 양을 비롯한 친구들과 대화를 나눴다.

"주말에 뭐 했어~?"

"쭈~욱 알바만 했어~."

"정말~? 나는 잠만 잤네."

"부러워~!"

"유메는~?"

"나도 별일 없었어. 집에서 책만 읽었네."

"지적이네~! 이리도 양은 그런 게 어울려~!"

의붓동생과 수족관 데이트를 즐겼다는 건, 절대 말할 수 없다.

누구에게도 의지하지 않으며, 중학 시절에 꿈꿨던 일상을 이어갔다.

◆ 미즈토 ◆

무상으로 이룰 수 있는 꿈이란 없다.

뭔가를 소비하고, 바치며, 희생한 끝에 비로소, 꿈꿔왔던 미래가 현실이 된다.

그리고 악독하게도, 꿈이란 녀석은 유지비가 드는 것 같다. 이어가기 위해서도, 지키기 위해서도, 희생이 강요되는 것이다.

이리도 유메가 여러 친구와 이야기를 나눈다고 하는 꿈만 같은 광경을 쳐다보면서, 나는 그 어처구니없던 작전이 성공했다는 사실을 눈치챘다.

그 데이트 이후로, 미나미 양은 나에게 전혀 접촉하지 않았다.

그녀를 감시하던 카와나미도 『저 정도면 이제 괜찮겠지. 완전히 재기불능이야. 꼴좋다!』 하고 말했다. 위기는 사라진 것이다.

하지만, 결판은 내야만 한다.

상대방도 그렇게 생각한 것 같았다. 점심시간이 되자, 그녀가 나에게 눈짓을 보냈다.

나는 재빨리 도시락을 먹은 후, 교실을 나섰다. 내가 향한 곳은 도서실이다. 내가 그녀에게 프러포즈를 받았던 장소다.

입구 맞은편의 도서실 구석. 책장이 시선을 가려주는 그 밀실에 가까운 공간에서, 문학소녀 느낌으로 변장한 미나미 아카츠키가 나를 기다리고 있었다.

"미안해! 역시 집에 몰래 숨어드는 건 좀 심했던 것 같아!"

그녀는 입을 열자마자 두 손을 맞대며 고개를 깊이 숙였다.

"나쁜 뜻은 없었어! 이리도가 조심성 없게 문을 열어놓은 걸 보고, 유혹에 지고 말았을 뿐이야!"

"문이 잠겼는지를 확인하는 것 자체가 이상한 짓이란 이야기를 해도 될까?"

애초부터 침입할 속셈인 인간의 행동이잖아.

미나미 양은 검은색 뿔테 안경 너머로 나를 올려다보며, 내 안색을 살폈다.

"……유메한테 내 이야기, 할 거지?"

평범하게 생각해보면, 하는 게 당연했다.

그녀는 완벽한 스토커이자, 범죄자이니, 유메가 아니라 경찰한테 말해야 할 것이다.

하지만…….

"……됐어. 앞으로 자중해주면 돼."

"뭐? 왜……?"

나는 창밖을 쳐다보면서, 앞 머리카락을 만지작거렸다.

"…………일을 크게 벌이고 싶진, 않거든."

내 머릿속에는 친구들과 별것 아닌 이야기를 나누던 그 여자의 모습이 떠올랐다.

나는 안다.

미아가 됐다고 울먹거리는 그 여자애가 교실에서 친구와 즐겁게 이야기를 나누기 위해 얼마나 많은 희생을 치렀을지— 그것을, 알고 있다.

"……흐음~. 그렇구나."

미나미 양은 의미심장하게 맞장구를 친 후, 또 의미심장한 미소를 지었다.

"고맙단 말은 안 할 거야."

"이봐, 해. 꺼이꺼이 울면서 감사하란 말이야."

"싫어요~. 그 이유는 일을 크게 벌이고 싶지 않아서예요~."

영문을 모르겠네. 미나미 양이 고개를 홱 돌리자, 나는 한숨을 내쉬었다.

"……그런데, 우리 집 거실에 의자를 가져다 놓고 무슨 짓을 한 거야?"

"응? 의자라니, 무슨 소리야?"

"…………뭐?"

"거짓말이야! 농담했어! 그건 장난이라고나 할까? 정말, 부끄러워서 호러 결말로 얼버무리려고 한 건데~! 진지하게 받아들이지 좀 마~!"

미나미 양은 두 볼을 손으로 누르며 부끄러워했다. 심장에 대미지 오니까 그런 짓 좀 말라고!

"진짜로 미안해! 앞으로는 자중해서, 친구로서 당당히 너희 집에 묵으러 갈게!"

"어이쿠. 반성하며 거리를 둔다는 선택지는 눈곱만큼도 고려하지 않는 듯한 표정인걸?"

"아니면, 이리도와 결혼해서 동거할 거야!"

"그 노선도 포기하지 않은 거냐!"

이야기가 다르잖아, 카와나미!

「왜냐하면」 하고 말한 미나미 양은 핑크빛 입술을 말아 올리더니, 선전포고를 하듯 고했다.

"사랑의 라이벌을 없애버릴 거면, 그 사랑의 라이벌에게 다른 상대를 만들어주는 게 베스트— 잖아?"

방과 후, 나는 미나미 아카츠키 대책 회의를 가졌다.

물론, 참가자는 나와 카와나미 코구레다.

"솔직히 말해 실질적인 피해가 없다면 나도 더는 할 말이 없어. 팍팍 하라고!"

"개최하자마자 회의를 끝내지 마. 이 관음증 환자 같은 자식아."

"기왕이면 연애ROM 전문이라고 불러줘."

"롬?"

"알, 오, 엠. 리드 온리 멤버. 즉, 구경 전문."

……자기는 연애를 하지 않고 남의 연애를 지켜보기만 한다는 거냐. 주위에 여자가 없는 게 이해되네.

"뭐, 안심해. 내 추천은 여전히 너와 이리도 양 커플이거든! 너에게 들러붙는 다른 여자들은 전부 심장 발작으로 퇴장해버리면 돼!"

"맙소사, 여기에도 위험인물이 있잖아!"

"농담은 이쯤하고……."

"그런다고 얼버무려질 것 같아?"

"이리도 미즈토의 별도 커플링이란 소름 돋는 농담은 이쯤하고……."

"얼버무릴 생각이 제로인 거냐……."

"그 여자가 불온한 움직임을 보인다면 나한테 말해. 미나미 아카츠키에 관한 일이라면, 다른 누구보다도 내가 도움이 될 거야."

나는 믿음직한 친구의 경박한 얼굴을 지그시 쳐다보았다.

……혹시나 했지만, 방금 발언을 듣고 확신을 가졌다.

"좀 물어볼 게 있는데 말이야, 카와나미."

"응?"

"너— 입원한 적 있어?"

카와나미는 그대로 굳어버리더니, 책상에 턱을 괴며 의미심장한 미소를 지었다.

그 미소는— 미나미 아카츠키의 미소와, 흡사했다.

"있어. **중학생 때** 일이야."

……아아, 역시 그랬구나.

아무래도 이 남자는 나의 믿음직한 동지 같았다.

납득한 나는 친구를 향해 애도의 쓴웃음을 보냈다.

"서로가 고생이 많네."

"그래. 서로가 말이야."

구구절절하게 느꼈다.

여친 같은 건, 만들 게 못 돼.

커플은 선물을 주고받는다
"……죽고 싶어……."

"……화이트 크리스마스네."

"그래……. 나는 이 광경을 평생 잊지 못할 거야."

"옆에 내가 있어서야?"

"그렇게 생각해?"

"아니라면 화낼 거야."

"그럼 안심해도 되겠는걸."

"바보."

—라고 지껄여대면서, 텔레비전 속의 남자 배우와 여자 배우가 키스를 했다.

켜지는 일이 좀처럼 없기는 하지만, 우리 집에도 텔레비전은 있다. 빛을 보는 건 주로 저녁때이며, 그때도 BGM 대신이었다.

가족 네 사람 중에서 나와 유메는 타고난 책벌레이기에, 텔레비전을 켜는 건 보통 아버지 아니면 유니 씨였다.

"아아~. 이런 걸 보니 왠지 가슴이 쓸쓸해지네."

배우 간의, 풋내기는 흉내도 내지 못할 듯한 딥 키스를 보던 유니 씨가 한숨을 내쉬며 그렇게 말했다.

"매년 크리스마스 즈음에는 연말 스케줄 때문에 다 죽어 가거든. 12월 25일이란 날짜를 머릿속에 떠올리기만 해도 우울해져. 옛날에는 그렇게 가슴이 뛰었는데 말이야~."

"하하하. 마음은 언제나 청춘이라고 생각하지만, 그럴 때는 어쩔 수가 없지. ……아, 그래도 미즈토와 유메는 이제부터이려나?"

우뚝.

아버지가 그렇게 말한 순간, 나와 유메는 한순간 젓가락질을 멈췄다.

"남친이나 여친이 생긴다면 우리를 신경 쓰지 않아도 돼~! 뭐, 미즈토는 그다지 기대가 안 되지만 유메라면 인기가 많은 것 같거든!"

"후후후. 이 애는 이미지 체인지를 했거든~? 얼마 전까지만 해도 엄청 수수한 여자애—."

"엄마……."

유메는 낮은 목소리로 엄마의 말을 막더니, 나를 힐끔 쳐다보았다.

허튼소리를 하지 말라는 의미일까. 네가 그러지 않아도 괜히 입 놀릴 생각 없다고.

유니 씨는 방긋 웃더니, 테이블 위에 올린 손으로 턱을 괬다.

"그래도 기대되네. 유메와 미즈토 군도, 언젠가는 크리스마스에 집을 비우게 되겠지?"

"유니 씨, 그때는 우리도 동심으로 돌아가지 않겠어?"

"후후. 그래. 그것도 재미있을 것 같아~. 두 사람이 힘내줬으면 좋겠네."

……아버지와 유니 씨는 모른다.

사실 나와 유메는 딱 한 번, 크리스마스에 집을 비운 적이 있다.

함께 사는 부모님에게도 들키지 않았으니, 그저 우리만이 그 추운 밤하늘 아래에서의 일을 기억하고 있다.

그것은 중학교 2학년 때의 일이다.

나와 아야이 유메가 함께 보낸, 처음이자 마지막 크리스마스다.

◆

"—다녀왔어~! 미즈토~ 케이크 사 왔단다~!"

나는 이리도 미즈토. 여친이 있는 중학교 2학년이다. 오늘, 크리스마스인 이날, 이 세상 남성 대부분에게 무조건 우위에 설 수 있는 입장인 인간이다.

하지만, 어째서인지— 나는 현재, 이 근처 편의점에서 사온 조그마한 케이크를 아버지와 함께 먹고 있었다.

크리스마스는 연인과 함께 보내는 것이라는 가치관이 일본에서 갈라파고스적 진화를 거쳤다고 한다면, 이것이 올바른 크리스마스의 형태일지도 모른다.

……하지만. 하지만 말이다.

석연치 않다. 여친이 있는 이의 크리스마스는 좀 더 특별한 것 아니었나?

"어때? 초콜릿케이크, 맛있니?"

"……먹을 만해."

"한 입 주렴. 내 쇼트케이크도 한 입 주마."

이런 대화도 여친인 아야이 유메와 나눠야 하지 않을까. 대체 어째서…….

……아니, 안다. 이유라면 안다.

우리는 중학생이며, 사귄다는 사실을 주위 사람들에게 숨기고 있다. 한밤중에 화려하고 로맨틱한 장소에 외출할 수 있을 리가 없다.

그래서 점심때 만났다. 징글벨~ 징글벨~이 한 달쯤 전부터 들려온 곳에 가서, 수많은 커플 사이에 섞였다.

그리고 그 후, 해산한 것이다.

지극히 평범했다.

평소의 등하교 때와 별반 다르지 않았다. ―그 이유도 안다.

그래, 웃어라. 얼마든지 웃으라고.

천하제일의 겁쟁이인 나는, 오늘을 위해 준비한 선물을, 주눅든 나머지 여친에게 건네주지 못했다!

용기를 내서 포장까지 한 그 선물 상자는, 현재 내 방 책상 위에서 인테리어화되어 있었다.

죽고 싶다.

“어, 미즈토. 왜 그러니? 기분이 가라앉은 것 같구나. ……아, 맞다! 선물! 자, 당연히 준비했단다~! —짜잔, 도서 상품권!”

죽고 싶어.

◆

“……죽고 싶어…….”

나, 아야이 유메는 자기 방 책상에 엎드려 자살 욕구에 사로잡혀 있었다.

죽고 싶다고나 할까, 이미 죽었다. 나는 이미 죽었다. 오랜 성원 감사드립니다. 차기작을 기대해 주십시오.

“왜 이렇게 된 거야……. 나는 항상…… 아무리 철저하게 준비해도, 중요한 순간에 아무것도 못 해…… 다 싫어…….”

책상 위에는 포장된 상자가 있었다.

오늘을 위해 준비한, 이리도에게 줄 선물이다.

낮에 한 크리스마스 데이트 때 기회를 봐서 건네줄 생각이었다. 하지만 지금도 내가 가지고 있다. 어떻게 된 건지는 상상이 될 것이다.

데이트 자체는 매우 즐거웠다. 평소에는 가지 않는 커플 느낌 나는 장소에 함께 가서, 『우와~ 우리 진짜로 사귀고 있구나~!』 같은 심정은 마음껏 맛봤다.

하지만, 아니, 그래서일까.

내가 괜한 짓이 이 좋은 분위기를 망치지 않을까, 이 즐거운 기분도 엉망진창이 되는 게 아닐까…… 그런 생각이 머릿속에 스친 나머지, 결국 선물을 건네주지 못했다.

"으으……."

왠지 눈물이 날 것 같다.

나란 인간은 항상 이렇다. 뭔가를 하려고 해도, 제대로 된 적이 거의 없다. 유일하게 성공한 것이 이리도에게 했던 고백 뿐…….

……이러다간, 언젠가 이리도도 나한테 정떨어지지 않을까…….

"유메~? 나 먼저 목욕할게~."

본격적으로 눈물이 나려고 할 때, 타이밍 좋게 엄마의 목소리가 들려왔다.

……그래. 목욕.

목욕하고 나선, 이리도와 스마트폰으로 이야기를 나누는 게 일과다.

그때, 『실은 선물을 준비했으니까, 다음에 줄게』 하고 말하자!

"조…… 좋아……!"

쇠뿔은 단김에 빼라는 말이 생각났다.

엄마에게 먼저 목욕하겠다고 말하려던 순간, 책상 위에 둔 스마트폰에서 오래된 서양 음악이 흘러나왔다.

"…………윽?!"

그것은 사귀기 전, 이리도가 추천해줘서 봤던 영화의 주제가다.

그러니 이 곡이 흘러나왔다는 건, 그에게서 전화가 왔다는 의미다.

나는 허둥지둥 스마트폰을 움켜잡았다.

그리고 실수로 통화를 끊지 않도록, 신중하게 응답 버튼을 터치했다.

"—아, 네. 여보세요……?"

『……아야이.』

지금, 가장 듣고 싶었던 목소리가 들려왔다.

그것만으로도 정말 기쁜 일이지만, 이리도는 이어서 뜻밖의 말을 입에 담았다.

『베란다로 나와 주지 않을래?』

◆

하얀 입김이 공기에 녹아 들어가는 것을 올려다보고 있을 때, 아야이의 방 창문이 열렸다.

베란다에서 몸을 내민 아야이가 맨션 앞에 선 나를 보자, 내 스마트폰에서 그녀의 신음하는 듯한 목소리가 흘러나왔다.

『아…… 어, 어…… 어째, 서……?』

"아니, 저기…… 크리스마스라서, 일까?"

부끄럽다. 대충 변명을 늘어놓으며 얼버무리고 싶다.

하지만 참아야 한다. 오늘 하루쯤은 허세를 부려도 괜찮지 않을까. 변명을 늘어놓지 않아도 괜찮지 않을까. ……크리스마스니까 말이다.

나는 깊게 숨을 들이마신 후, 허세를 부리고 싶어 하는 내 안의 남자 중학생을 억눌렀다.

"……또, 네 얼굴이…… 보고 싶어졌어."

『……읏! 으~~~~~~!!』

스마트폰 너머에서, 아야이는 알아들을 수 없는 소리를 냈다.

뭐, 뭐야? 왜 저러지? 옛 지배자의 기운이라도 감지한 듯한 반응이잖아.

내가 혼란에 빠진 사이, 통화가 끊겼다.

그 뒤를 이어, 베란다에 나왔던 아야이가 방 안으로 뛰어 들어갔다.

"……아아……."

역시 기분 나쁘게 여긴 걸까…….

그럴 만도 해……. 아무리 남친이라도 이런 한밤중에 느닷없이 찾아온다면 질릴 거야…….

아아, 죽고 싶어. 이 세상에 태어나서, 죄송합니다.

"—이…… 이리도!!"

어마어마한 절망감에 다자이 오사무가 되어가고 있을 때, 맨션 입구에서 헐레벌떡 뛰어나오는 조그마한 그림자가 보였다. ……어?

"아…… 아야이?"

아야이는 싸늘한 보행로 쪽으로 뛰어오더니, 하얀 입김을 토하며 숨을 골랐다.

그리고 무릎을 짚은 채 내 얼굴을 올려다본 그녀는 배시시 웃었다.

"아…… 아하하. 와…… 와버렸어."

◆

"어…… 그건, 내가 할 말이야."

이리도는 그렇게 냉정한 딴죽을 날렸다.

하지만, 그 후로 아무 말 없이 굳어 있는 것을 보면…… 혹시 엄청 놀란 걸지도 모른다.

"……아하."

조금 기쁘다.

아까 놀랐던 것을 되갚아줄 수 있었다.

엘리베이터를 기다리는 시간이 아까워서 계단을 뛰어 내려온 탓에, 숨을 고르는 데 시간이 약간 걸렸다. 무릎을 짚은 손을 뗀 후, 나는 또 멋쩍은 듯이 웃었다.

"에…… 에헤헤. 마침 엄마가 목욕하러 들어갔거든……. 그 틈에, 나와버렸어."

"아…… 으, 응. 그랬구나……."

"그러니까, 저기…… 응. 같이 있을 수 있는 건…… 30분, 정도야."

"30, 분……. 그렇구나."

원래 우리는 말수가 많지 않지만, 오늘은 평소보다 더 말수가 적었다.

하지만 전혀 웃음이 안 나는, 템포가 나빠서 조바심이 나는, 이런 대화를 나눌 수 있다는 게, 너무 기뻐서 견딜 수가 없었다.

아아…… 이리도도 오늘을 특별하게 여겼구나.

나와 함께 있는 시간을 소중하게 생각해주는구나…….

평소에는 마음을 겉으로 드러내지 않는 사람이기에, 이렇게 불현듯 드러내는 감정에 매번 끌리고 만다.

자기 자신에게만 흥미가 있는 것 같지만, 실은 남을 잘 챙겨주고 상냥한 점이나…….

항상 냉정하고 침착한 것 같지만, 실은 몰래 당황하기도 한다는 점이나…….

때때로 보여주는 이리도의 민낯을, 나는 언제부터인가 하나하나 모으게 됐다.

내 마음속 앨범에 소중히 간직해두고, 나중에 몇 번이나 다시 떠올렸다. 고대하던 책을 읽기만 하던 내 세계가 어느새 딴판으로 바뀌고 말았을 만큼, 그런 시간이 즐거웠다.

그래서, 나는—.

"—에취!"

몸을 부르르 떨며, 재채기를 했다.

어라? ……아, 맞다.

"……상의를 걸치는 걸, 깜빡했어……."

거기까지 생각이 미치자, 갑자기 추워졌다.

너무 서둘렀어……. 으으으으. 이리도가 찾아와줬는데, 왜 나는 중요한 순간에…….

"진짜 덜렁이라니깐."

이리도는 어이없다는 듯이 쓴웃음을 짓더니, 입고 있던 코트의 단추를 풀었다.

"자."

이리도는 그렇게 말하면서 벗은 코트를 나에게 걸쳐줬다.

따뜻해…….

온기를 머금은 코트의 앞섶을 여미자, 머릿속까지 훈훈해졌다. 왠지 이리도한테 안겨 있는 것 같아서, 좀 부끄럽다……. 그냥 평범하게 안아줘도 되거든? 그런 생각이 머릿속을 스치니 더 부끄러워졌다. 머릿속에서는 되게 거들먹거리네.

여러 가지 이유로 체온이 상승한 나는 입김을 토하면서…….

"……이래선, 이리도가 추울 거잖아."

"아, 나는 괜찮아."

이리도는 태연한 투로 그렇게 말했지만, 그의 어깨는 희미하게 떨리고 있었다. 허세다. 좀 귀엽다.

하지만, 이대로는 감기에 걸릴 것이다. 어쩌면 좋을까…….

그런 내 머릿속을 스친 건, 매우 허들이 높은 제안이었다. 너무 높아서 그냥 아래편으로 지나가는 게 간단할 것 같았다. 아냐, 으음. 그래도, 이렇게 됐으니…… 오늘은 크리스마스잖아.

……크리스마스잖아!

그 일곱 문자가 지닌 압도적인 파워가, 겁쟁이인 내 등을 밀어줬다. 고마워요, 예수 그리스도. 그리스도교로 개종하고 싶을 만큼, 나에게 이것은 기적적인 일이었다.

"그, 그럼…… 저기……."

나는 얼굴이 새빨개지는 것을 느끼면서도, 크리스마스 파워에 몸을 맡긴 채 끝까지 내달렸다.

"가…… 같이 걸칠래?"

◆

뜻밖에도 가능했다.

나와 아야이는 코트 한 벌을 함께 어깨에 걸친 채, 뜰 가장자리에 걸터앉았다.

코트 안에서 어깨가 닿자 아야이가 깜짝 놀란 것처럼 부르르 떨었지만, 곧 머뭇거리면서도 나에게 몸을 기댔다.

……가볍다.

하지만, 따뜻했다.

그리고 좋은 향기가 났다.

안심했는데도 심박수가 상승한다고 하는 기묘한 상태에 처했다. 하지만 이 상황에서 흑심을 드러내면 안 된다. 나는 괜히 밤하늘을 올려다보며 얼굴이 히죽거리는 것을 참았다.

곧 아야이의 웃음소리가 내 귀에 스며들었다.

"……왜 그래?"

"별거 아냐. ……내 남친이 참 귀엽다는 생각이 들었거든."

으윽. ……간파당했다.

아까까지만 해도 허둥댔으면서, 갑자기 여유부리기는…….

내가 아무 말 없이 부끄러움을 감추고 있을 때, 아야이는 당황한 듯이 손을 내저었다.

"어…… 화, 화난 거야?! 미, 미안해……."

"아, 그런 건 아냐. 좀 부끄러워서 그래. ……그러니까, 너무 신경 쓰지 않아도 돼."

"그, 그래……?"

"네가—."

나는 한순간 주저했지만, 곧 수치심을 떨쳐냈다.

크리스마스잖아.

"—네가 하는 일로, 내가 화낼 리가 없잖아……."

역시 좀 멋쩍은 탓에 목소리가 말려 들어갔다. 그래서 괜히 부끄러워진 나는 고개를 돌렸다.

그러자…….

"……에헤. 에헤헤. 에헤헤헤헤헤헤……."

배시시 웃는 목소리가 들려오더니, 아야이는 나에게 더욱 기댔다.

방금 내 말이 마음에 든 것 같았다. 다행이다. 반응이 별로였다면 물에 확 뛰어들었을 것이다.

그 후로 나는 어깨에서 느껴지는 기분 좋은 감촉을 묵묵히 느끼고 있었다. 새하얀 입김 두 개가 간헐적으로 피어오르더니, 밤의 어둠 속에서 사라졌다.

"……저, 기…… 이리도."

그 목소리에 고개를 돌려보니, 아야이가 나를 올려다보고 있었다.

"건네줄 게…… 있어."

심장이 크게 뛰었다. ……그래. 아야이도, 준비했구나.

"내가 하는 일에 화내지 않는다……고, 했지? 그럼, 내……선물도, 받아줄…… 거, 지……?"

그 자신 없는 목소리는 이어질수록 점점 잦아 들어갔다.

이런 아야이를 볼 때마다, 나는 이렇게까지 눈치를 살필 필요가 없는데, 하고 생각했다. 아야이는 머리가 나쁘지 않고, 센스도 있는 데다…… 외모도, 귀여운 편이라고, 생각한다.

평범하게 행동하면, 친구도 얼마든지 생길 것이다. —하지만, 자신감 없는 분위기가 주위 사람들을 밀어내고 있었다.

"……아야이."

"……어?"

나는 아무 말 없이 호주머니에 손을 집어넣은 후, 그 안에서 포장된 상자를 꺼냈다.

아야이는 그것을 보더니, 눈을 깜빡였다.

"어…… 그, 그건……?"

"크리스마스 선물이야. ……낮에는, 너무 긴장해서 결국 건네주지 못했어."

"……뭐……?"

아야이는 아연실색한 표정을 짓고 나를 올려다보더니— 곧…….

"—풉! 아하! 아하하하! 아하하하하하하……!!"

귀여운 목소리로 웃음을 터뜨렸다.

나는 약간 토라진 것만 같았다.

"그렇게 웃을 건 없잖아……."

"미, 미안해……! 그게…… 설마, 이리도도 나와 마찬가지일 줄은, 생각도 못했어."

"그럼 아야이도 마찬가지였구나."

"응."

아야이도 포장된 상자를 호주머니에서 꺼내더니, 나에게 보여줬다.

그러자 나도 웃음이 샘솟았고, 우리는 한동안 함께 웃음을 터뜨렸다.

볼과 귀를 찌르는 추위가 어느새 신경 쓰이지 않게 됐다.

한참을 웃은 후, 아야이는 눈가의 눈물을 닦으면서 자신이 준비한 선물로 입가를 가렸다.

"그럼…… 교환, 할까?"

"그래. 교환하자."

예쁘게 포장된 조그마한 상자를, 우리는 주고받았다. 그게 전부인 별것 아닌 일이지만, 왠지 엄숙한 의식을 치르는 것만 같았다.

내 상자를 아야이가 받았고, 그 대신 아야이의 상자를 건네받았다.

상자를 요리조리 살핀 나는 인내심이 바닥나고 말았다.

"열어봐도 돼?"

"뭐? ……여, 여기서 말이야?"

"내 것도 열어봐도 돼."

"……응. 그럼 좋아……."

우리는 동시에, 빨간 리본을 풀었다.

이제까지 선물을 한 적이 없지는 않았다. 하지만, 이제까지 우리가 주고받았던 것은 실용적인 물건이었다. 거절당할 걱정을 할 필요가 없는 안전한 선물만 주고받았다.

하지만, 이번 선물은 다르다.

취급이 어렵고, 비실용적이며, 리스크가 존재하는…… 연인이 아닌 이에게는 건넬 엄두도 안 나는 선물이다.

"……아……."

상자를 열어본 아야이가 낮은 신음을 흘렸다.

"이건…… 펜던트?"

조그마한 상자 안에 들어있는 건, 투명한 유리구슬 안에 핑크빛 꽃이 들어있는 펜던트였다.

중학생이 용돈으로 살 수 있는 물건인 만큼, 그렇게 비싸지는 않다. 게다가 액세서리 같은 것과 담을 쌓은 인생을 살아온 내가 없는 센스를 쥐어 짜내며 인터넷을 방랑한 끝에 찾아낸 것인 만큼, 귀엽거나 예쁜지도 솔직히 감이 오지 않았다. 하지만—.

아야이는 펜던트를 자신의 눈앞에 들어보았다.

"와아……. 유리 안에 꽃이 들어 있어. ……이건, 무슨 꽃이야?"

"……안개꽃. 꽃말이 마음에 들었어."

"꽃말……."

아야이는 내 말을 듣자마자 스마트폰을 꺼내서 검색해봤다. 나는 당황했다.

"어……! 잠깐만! 부끄럽단 말이야……!"

"에이~. 뭐 어때~."

아야이는 심술궂은 웃음을 흘리며 몸을 둥글게 말아서 스마트폰을 감싸더니, 「으음~」 하며 검색 결과를 읽기 시작했다.

"『황홀한 기분』, 『깨끗한 마음』, 『매력』, 『순수』……."

"……실은 말이야."

체념한 나는 실토했다.

"…………결혼식 부케로 흔히 쓰이는 거야."

"……뭐."

아야이는 다시 펜던트를 쳐다보더니, 밤인데도 알 수 있을 만큼 얼굴을 붉혔다.

……뭐야. 이건 완전 프러포즈잖아……!

나도 이제 와서 얼굴이 달아올랐다. 좀 더 무난한 것을 선물할 걸 그랬다!

"……으, 음."

내가 후회에 사로잡혀 있을 때, 아야이는 펜던트의 고리를 풀더니, 머리카락을 쓸어넘기며 자신의 목에 채웠다.

"영차…… 됐어. …………어, 때?"

내가 사서, 내가 선물한 펜던트가, 아야이의 목에 걸려 있었다.

……아아. 아~ 아— 이게 뭘까.

기쁨일까, 멋쩍음일까— 달성감 같은 감정이 마음속에서 샘솟았다.

"이런 걸 해본 적이 거의 없어서, 어울리는지 모르겠지만……."

"잘 어울려."

나는 무심코 그렇게 대답했다.

"정말 잘 어울려. 진짜로, 정말로………… 귀여워."

"뭐? ……으, 응. ……고마, 워."

아야이는 부끄러워하듯 시선을 피하더니, 추위 탓에 발그레해진 얼굴로 옅은 미소를 머금었다.

뭘 선물할지 고민하고 찾는데 들인 모든 시간을, 전부 보상해주고도 남을 듯한 표정이었다.

"……그럼, 나도 슬슬 열어봐야겠네."

"아…… 으, 응!"

긴장한 듯한 아야이가 쳐다보는 가운데, 나도 선물 상자를 열어보았다.

안에 들어있는 건—.

"……아."

"에헤헤…… 우리, 통했네."

……목걸이다.

들어보니, 깃털 모양 디자인의 장식이 달려 있었다.

"이리도처럼 멋진 이유로 고른 건 아니지만…… 깃털, 아니, 깃털 펜을 이미지해서 고른 거야."

"깃털 펜?"

"으음, 저기……."

아야이는 잠시 시선을 피하며 머뭇거린 후, 마음을 다잡은 듯이 입을 열었다.

"…………이리도가 시험공부를 할 때, 공책에 글자를 적는 모습을 보는 게 좋거든."

"………………………."

나는 몇 초 동안 침묵한 후, 그녀의 말을 해석했다.

"…………그런 페티시즘도 있어?"

"으으……! 으, 으음~, 페티시즘이 아니라, 왠지 좋다는 의미인데……!!"

그런 걸 페티시즘이라고 하지 않을까.

아야이는 고개를 숙이며 풀이 죽은 목소리로 말했다.

"으으…… 미안해. 기분 나쁜 소리를 했네……."

"너는 툭하면 사과하는 버릇 좀 고쳐."

나는 그렇게 말하면서, 받은 목걸이를 목에 걸었다.

"자."

자기가 준 선물을 내가 착용하자, 아야이의 어두웠던 표정이 점점 밝아졌다.

낯간지러움을 참는 듯한 그 얼굴을 본 나는 빙그레 웃었다.

"크리스마스 선물이라는 건, 왠지 엄청나네."

"응, 응……! 왠지…… 왠지 엄청나!"

구체성이 결핍된 감상을 공유한 우리는 또 웃음을 흘렸다.
이것으로, 아야이도 조금은 자신감을 가졌으면 한다. 나는 마음속으로, 몰래 그렇게 생각했다—.
그리고 우리는 추울 겨울밤 아래에서 수십 분 동안, 별것 아닌 대화를 나눴다.
조명 장식은 없다.
로맨틱하게 눈이 내리지도 않았다.
가로등과 가정집의 불빛만이 쓸쓸하게 비추고 있는, 맨션 앞의 뜰이다.
"……그럼, 이만 가봐."
"……그래. 가볼게."
맨션 입구에서 작별 인사를 한 우리는 서로를 향해 손을 흔들었다.
목소리가 잦아든 건, 서로가 아쉬움을 느끼고 있었기 때문이다.
—그것을 알기에, 나는 아야이의 손목을 잡았다.
"어? 이리도—."
나는 아야이에게 다가가 그녀를 향해 몸을 살짝 굽혔다.
우리는 강제적으로 침묵에 잠겼다.
다시 몸을 펴자, 추위와는 다른 이유로 얼굴이 상기된 아야이가 놀란 듯이 눈을 깜빡이는 모습이 보였다.
"……뭐, 크리스마스잖아."

나는 변명을 하듯 그렇게 말했다.
아야이는 빙그레 웃음을 흘렸다.
"그, 래. ……크리스마스잖아."
이번에는 아야이가 살짝 발돋움했다.
그녀의 뒤꿈치가 다시 지면에 닿자, 우리는 옅은 웃음을 흘리며 서로에게서 몸을 뗐다.
우리의 관계를, 아직 아무도 모른다.
분명, 언젠가는 아버지에게도 이야기해야 할 것이다. 설마 여친을 가족에게 소개하는 이벤트가 내 인생에서 발생할 거라고는, 반 년 전만 해도 생각조차 못 했다.
홀로 집으로 돌아가고 있을 때, 목에 건 목걸이가 흔들렸다.
1년 후의 크리스마스에는 우리도 당당히 만날 수 있을까.
한 집에 모여서, 같은 테이블에 둘러 앉아 있을까.
다음에는 어떤 선물을 하면 좋을까.
"……미리, 생각해둬야겠어."
오늘부터 딱, 365일 남았다.
벌써 그날이 기다려졌다.

◆

뭐, 그로부터 1년 후에는 연락조차 주고받지 않았지만 말이야.

"제행무상, 이야……."

책상 안에 넣어뒀던 그 목걸이를 오래간만에 꺼내 보며, 고등학교 1학년이 된 나는 세상의 섭리를 느꼈다.

그 후로 한동안은 서로의 목에 걸린 선물을 보면서 후훗 하고 의미심장하게 웃는 놀이가 우리 사이에서 유행했다. 그래서 옷깃과 머플러 안에 숨기거나 해서, 눈치채기 어렵게 한 적도 있다. 그게 뭐가 그렇게 재미있었던 거냐고.

지금은 전혀 눈치채지 못하겠지. 아니, 그 여자라면 내가 준 펜던트를 이사 때 버렸을지도 몰라.

"……오래간만에 해볼까?"

눈치채지 못한다면 내 추측이 옳다는 것이 증명된다. 만약 눈치챈다면, 재미있는 반응을 보일지도 모른다.

왠지 흥이 난 나는 목걸이를 건 후, 깃털 디자인의 장식을 옷 안에 숨긴 채 방 밖으로 나갔다.

목욕하러 갈 때 마주치겠지— 하고 생각했지만…….

"아."

"아."

문을 연 직후, 2층 복도에서 느닷없이 맞닥뜨렸다.

키가 크고, 머리카락도 기른, 고등학교 1학년인 이리도 유메.

그 모습을 본 나는 곧 눈치챘다.

검은 머리카락 사이에서 빛나고 있는, 눈에 익은 펜던트 줄—.

"……호오."

"……흐음~."

우리는, 그런 반응만 보였다.

그리고 아무 말 없이 차례차례 계단을 내려갔다.

거실에 가보니, 저녁 식사 때 틀어놨던 드라마가 어느새 끝났다. 아버지가 식탁에 앉아 있었고, 부엌에서는 유니 씨가 식기를 건조기에 넣고 있었다.

"아, 미즈토. 목욕하러 왔니?"

"곧 물이 끓을 거니까, 먼저 씻고 싶으면 미즈토 군과 가위바위보라도 하렴, 유메~!"

두 사람은 우리의 미세한 변화를 전혀 눈치채지 못했다.

각자의 부모님에게 대충 대꾸를 한 우리는 텔레비전 앞 소파에 한 사람 앉을 공간을 비우며 앉은 후, 방에서 가져온 책을 아무 말 없이 펼쳤다.

"……후훗."

유메는 갑자기 웃음을 흘렸다.

"왜 그래?"

내가 책을 쳐다보며 묻자…….

"마음이 안 맞는 것 같아서 말이야."

유메도 책에서 시선을 떼지 않은 채로 대꾸했다.

"……그런 것 같네."

나는 그렇게 대답한 후, 다시 독서에 몰두했다.

내가 읽는 책은 『크리스마스 캐롤』이었고, 유메가 읽는 책은 『푸아로의 크리스마스』였다.

■작가 후기를 대신해 / 각화 짤막 코멘트

●—제1화 : 전 연인은 부르고 싶지 않다(원제목 : 전 연인은 외친다)

2017년 8월 7일 WEB 공개. 실제로 이런 상황에 부닥친다면 지옥일 것 같습니다. 동거만은 단호하게 거부할 것 같네요. 유메가 동거를 받아들인 이유와 성을 일부러 맞춘 이유는 언젠가 꼭 다루고 싶습니다.

●—제2화 : 전 연인은 함께 집을 본다(원제목 : 전 연인은 서로를 의식한다)

2017년 8월 10일 WEB 공개. 두 사람이 선을 넘은 사이로 할지 말지 꽤 고민했습니다만, 너무 진한 사이도 좀 곤란할 것 같아서요. 이편의 공개 이틀 후인 8월 12일에, 카쿠요무의 주간 종합 랭킹에서 1위를 차지한 것 같습니다.

●—제3화 : 전 연인은 입학한다

2017년 8월 19일 WEB 공개. 이편을 끝으로, 유메가 이성에게 인기 있는 묘사는 거의 없어집니다. 왜냐고요? 실은 어디 사는 연애ROM 전문이 은밀히 다 처리해버리고 있기 때문입니다.

●—제4화 : 전 여친은 측정한다

신규 에피소드. 미나미 아카츠키 등장 편. 미즈토와 유메의 대화가 거의 없는 변칙적인 에피소드입니다. 대화가 적기 때문에 선명하게 드러나는 것도 있다고 생각합니다.

●—제5화 : 전 남친은 간병한다

2017년 9월 5일 WEB 공개. 개인적으로 가장 손맛을 느꼈던 편입니다. 병마에 힘들어할 때나, 순순히 속내를 드러내니까요.

●—제6화 : 전 여친은 꿈속에서 쭉 기다린다

2017년 8월 26일 WEB 공개. 아니, 저기, 팬티를 훔치는 어처구니없는 이야기를, 러브크래프트 스타일로 쓰면 재미있을 것 같아서……. 처음에는 전부 러브크래프트 문체로 쓸까 했습니다만, 그러면 읽기 어려울 것 같아서 일부만 그렇게 했습니다.

●—제7화 : 전 연인은 ■■■한다(원제목 : 전 여친은 질투한다/전 연인은 데이트한다/전 남친은 지키고 싶다)

2017년 9월 19일 및 10월 31일 WEB 공개. 슬슬 데이트라도 시켜볼까 했는데, 전혀 뜻대로 움직여주지 않았습니다. 이 녀석들, 한때 커플이었으면서 데이트에 너무 익숙하지 않네요. 미즈토가 실은 미남이란 설정인 건, 그편이 좋을 것 같거든요.

●—제8화 : 커플은 선물을 주고받는다

2017년 12월 24일 WEB 공개. 리얼 크리스마스에 맞춰 써봤습니다. 키스했다고 안 쓰면서 키스 장면을 써보는 게 요즘 제 트렌드죠.

남녀가 꽁냥꽁냥거릴 뿐인 이야기에 관심을 가져주신 담당 편집자님, 뇌가 녹아내릴 것만 같을 정도로 귀여운 일러스트를 그려주신 타카야Ki 선생님, 그리고 WEB 시절부터 응원해주신 독자 여러분께, 이 자리를 빌려 진심으로 감사드립니다.

카쿠요무 게재 WEB버전에는 남독파였던 미즈토, 미스터리 마니아인 유메에 이어, 라노벨 오타쿠인 신 히로인이 등장하는 에피소드도 공개되어 있으니 관심이 있으시다면 읽어봐 주십시오. 책으로 읽고 싶거나 타카야Ki 선생님의 일러스트를 더 보고 싶으시다면, 알고 지내는 모든 지인과 함께 온갖 SNS로 이 책을 포교해주십시오. 그러면 카도카와스니커 문고 편집부가 움직일 겁니다. 여러분, 출판사에 매상이란 이름의 압박을 가하세요!

저, 카미시로 쿄스케의 『새 엄마가 데려온 딸이 전 여친이었다 지나간 사랑이 끝나질 않아』를 전해드렸습니다. 2권에서 다시 뵐 수 있다면 정말 기쁠 것 같아요.

■역자 후기

안녕하십니까. 근로청년 번역가 이승원입니다.

이번에 『새 엄마가 데려온 딸이 전 여친이었다』의 번역을 담당하게 되었습니다.

잘 부탁드립니다!

이번 신작은 정통파 러브 코미디물입니다. ……정, 통파? 러, 브…… 코미, 디……? 으윽, 머리가…….

……갑자기 머리가 아파옵니다만, 일단 무시하겠습니다.^^

작년까지만 해도 이세계 전생물(모 사고뭉치 잉여신 먹여살리기), 이능배틀물(정령 공략 하렘물이 아니고?), 동인 미소녀 게임 제작물(혼혈 소꿉친구, 흑발 미녀 선배보다 1권 표지도 장식 못 한 동급생 정히로인이 최고야!) 등을 번역하다 이런 대놓고 꽁냥꽁냥하는 작품을 번역하니 참 신선합니다.^^

과거에 헤어진 연인과 의붓남매가 된다. 그것도 헤어지고 얼마 되지도 않아서……. 아직 마음의 정리가 안 된 두 사람이 한 지붕 아래에서 살며 겪는 해프닝이 이 작품의 주요 내용입니다.

자기들은 이미 끝난 사이라지만 남들이 보기에는 아직 서로에게 애정이 있는 이 의붓남매, 그리고 그런 두 사람의 절친 또한 과거에 여러 사연(?)이 있는 듯 합니다. 톡톡 튀는 개성을 지닌 이 네 사람이 앞으로 어떤 이야기를 자아낼지 벌써 고대됩니다!

그럼 이만 줄이겠습니다.

L노벨 편집부 여러분, 언제나 재미있는 작품을 맡겨주셔서 감사합니다. 앞으로도 최선을 다하겠습니다.

같이 백신 주사 맞으러 갔던 지인이여. 너는 멀쩡한데, 나는 왜 이리 힘든 거냐. 으으, 아직도 팔이 저려.ㅠㅜ

마지막으로 언제나 제게 버팀목이 되어주시는 어머니와 『새 엄마가 데려온 딸이 전 여친이었다』를 읽어주신 모든 분께 진심으로 감사드립니다.

라이트노벨 오타쿠 소녀가 등장해 파란(?)을 일으키는 『새 엄마가 데려온 딸이 전 여친이었다』 2권 역자 후기 코너에서 다시 뵙겠습니다!

2021년 6월 초

역자 이승원 올림

새 엄마가 데려온 딸이 전 여친이었다 1

1판 1쇄 발행 2021년 7월 10일
1판 4쇄 발행 2022년 9월 16일

지은이_ Kyosuke Kamishiro
일러스트_ TakayaKi
옮긴이_ 이승원

발행인_ 신현호
편집장_ 김승신
편집진행_ 권세라 · 최혁수 · 김경민 · 최정민
편집디자인_ 양우연
관리 · 영업_ 김민원

펴낸곳_ (주)디앤씨미디어
등록_ 2002년 4월 25일 제20-260호
주소_ 서울시 구로구 디지털로 26길 111 JnK디지털타워 503호
전화_ 02-333-2513(대표)
팩시밀리_ 02-333-2514
이메일_ lnovellove@naver.com
L노벨 공식 카페_ http://cafe.naver.com/lnovel11

ISBN 979-11-278-6076-9 04830
ISBN 979-11-278-6075-2 (세트)

값 7,800원

금색의 문자술사 외전 1~2권

토모토 스이 지음 | 스마키 슌고 일러스트 | 김장준 옮김

4인의 용사 소환에 휘말려 이세계【이데아】로 오게 된 오카무라 히이로.
훗날 영웅으로 추대받는 그도 여행 틈틈이 동료들과
자유로운 이세계 라이프를 만끽하고 있었다.
"그냥 못 넘어갈 말이군. 맛있는 음식은 진리라고."
도시 축제에서, 위험한 바다에서, 진미를 추구하는 요리 레이스 발발!
"내 이름은 2대째 와일드 캣! 대괴도다!"
희귀본이 숨겨진 탑에서 대치한 것은 소문 자자한 대괴도?!
그리고 일행의 여행과는 별개로 암약하는 **그 인물**과 뜻밖에 재회하게 되는데―.

히이로 파티의 일상과 모험을 가득 담은 단편집 등장!

청춘 돼지는 바니걸 선배의 꿈을 꾸지 않는다 1~11권

카모시다 하지메 지음 | 미조구치 케이지 일러스트 | 이승원 옮김

아즈사가와 사쿠타는 도서관에서 야생의 바니걸과 만났다.

바니걸의 정체는 사쿠타가 다니는 고등학교의 선배이자,
활동 중지중인 인기 탤런트 사쿠라지마 마이였다.
며칠 전부터 그녀의 모습이『주위 사람들에게 보이지 않는 현상』이 발생했고,
이것은 인터넷상에서 화제가 되고 있는
불가사의 현상『사춘기 증후군』과 관계가 있는 걸까.
원인을 찾는다는 이유로 마이와 가까워진 사쿠타는 이 수수께끼를 풀려고 하지만,
사태는 생각지도 못한 방향으로 나아가는데—?

하늘과 바다로 둘러싸인 마을에서, 나와 그녀의 사랑에 얽힌 이야기가 시작된다.

하늘과 바다로 둘러싸인 마을에서 시작되는
평범한 우리의 불가사의한 청춘 러브 코미디!

라이트노벨의 새로운 빛! L노벨의 신간은 매월 10일에 발매됩니다. http://cafe.naver.com/lnovel11